悪女入門

ファム・ファタル恋愛論

鹿島茂

講談社現代新書

目次

プロローグ

ファム・ファタル（femme fatale）。なんと妖しげで美しい響きをもった言葉でしょうか。カタカナで書いてさえ繰り返される「ファ」の頭韻が耳に快く響きます。

ましてや、フランス語のｆは下唇を上の歯で軽くかむ音ですので、femme fataleと、二度ｆの音が繰り返されると、まるで、女性が性的エクスタシーに達する直前、その快楽をこらえるかのように唇をかんでいるイメージが湧いてきます。そして最後にfataleの二度のａで大きく唇が全開になると、女性がエクスタシーに達して、歓喜の吐息をはきだした姿を連想せずにはいられません。

つまり、フランス語で発音されるファム・ファタルは、その唇の動きからして、相当にエロティックな言葉なのです。

ですから、フランスの男性は、このファム・ファタルの言葉を耳にすると、さながら空中に蠱惑《こわく》的な女性の唇がポッカリと浮かんで、自分に誘いをかけているような気さえするようです。それは、ファム・ファタルそのもののように男を誘惑する言葉、一度耳にしたら最後、その魔力から逃れることはできない言葉なのです。

では、このファム・ファタルとはいったいどんな意味をもっているのでしょうか？　仏和辞典などを引くと、通例「宿命の女」と訳されています。しかし、この訳語は、かならずしもその正確なニュアンスを伝えているとはいえません。というのも、形容詞の「ファタル」には、たしかに「宿命的・運命的」という意味がありますが、その一方で、「致命的・命取りの」という意味もあるからです。

そこで、直接、フランス語で、ラルース大辞典を引いてみることにしましょう。すると、次のような定義が出ています。できる限り直訳してみます。

「恋心を感じた男を破滅させるために、運命が送りとどけてきたかのような魅力をもつ女」

さすが、言葉の定義には厳密なラルース大辞典だけあって、「ふーむ」とうなずいてしまうような解釈がなされていますね。つまり、ファム・ファタルとは、その出会いが運命の意志によって定められていると同時に、男にとって「破滅をまねく」ような魅力を放つ女のことを指すというわけです。より正確にいえば、破滅することがわかっていながら、いや、へたをすれば命さえ危ないと承知していてもなお、男が恋にのめりこんでいかざるをえないような、そんな魔性の魅力をもった女のことをファム・ファタルと呼ぶわけです。フランソワ・トリュフォー監督の名作『突然炎のごとく』で、ヒロインのジャンヌ・

モローがギターの弾き語りで歌う主題歌「つむじ風」の中には、「Femme fatale, c'est fatale」というルフランが出てきますが、これは「ファム・ファタルは、避けがたくて、命取り」というような意味です。

ただ、ここでひとつ、ぜひとも頭にいれておいていただきたいことがあります。それは、ファム・ファタルというのは、すべての男にとって「破滅を招く女」というわけではないということです。第一、そんなことになったら、その女に出会った男という男が全員、運命に狂わされて、この世に天寿をまっとうする男が一人もいなくなってしまいます。ある男にとってはファム・ファタルだが、別の男にとってはなんでもないただの女ということだって十分にありうるのです。ファム・ファタルとは、あくまで、女と男の相対的な組み合わせにおいてのみなりたつ概念にすぎません。

それでは、絶対的な意味でのファム・ファタルは存在しないのかといえば、これが、いるのです。第一、もし、存在しないのならば、ファム・ファタルという言葉があるはずがありません。ファム・ファタルとして生きる以外に、すなわち男を破滅させることのほかに生きる術《すべ》を知らない女というものが、この世にはたしかに存在しているのです。

しかしながら、そうした女がファム・ファタルになるには、しかるべき男と巡り合わなければならないという条件があります。シモーヌ・ド・ボーヴォワール風に言えば、ファム・ファタルはファム・ファタルとして生まれるのではなく、ファム・ファタルになるのです。眠れる森の美女が目をさますには、王子様の接吻が必要なように、ファム・ファタルとして目覚めるには、それなりの資格をもった男が手をさしのべる必要があるということです。

では、どんな男が、そのファム・ファタルとの運命的な出会いによって、破滅にむかってまっしぐらに突き進むのかといえば、第一条件として、破滅するだけの「価値」のある男であることが必要になります。いいかえれば、地位、権力、財産、才能、知力、美貌、将来性などなど、ファム・ファタルという対象に、賭けるに値するだけの「賭け金」を有している男でなければなりません。

同じことは女についても言えます。ただ性的に放埒《ほうらつ》で、多くの男を渡りあるく女をつかまえて、簡単にファム・ファタルという言葉を使ってはいけません。ファム・ファタルには、男が「賭け金」のすべてを失ってもいいと覚悟するほどの魅力がなければなりません。

意地悪く言ってしまえば、失うべき何物も所有していないそこらのダメ男が、なじみのスナックのあばずれ女に入れこんで、新聞の三面記事にでも出てきそうな事件をひき起こしたとしても、また安っぽい男性タレントが淫乱な女性タレントにのめり込んでも、その女をファム・ファタルとは呼ぶべきではないということです。

したがって、ある男にとってある女がファム・ファタルとなるためには、まず、男のほうが絶大な権力や高い地位や莫大な財産といった目に見えるプラスの価値を手にしている働き盛りの壮年であるか、あるいは立派な将来を嘱望《しょくぼう》された優秀な青年か類《たぐい》まれな美青年であるという条件が必要になります。いっぽう、女のほうも、男が人生を棒に振ってもかまわないと思うほどの妖しい魔力を秘めた絶世の美女でなければなりません。そして、もう一つ最後に、二人が運命の仕組んだ悪戯《いたずら》としか思えないような偶然によって出会うという要素も不可欠です。

ところで、こうした条件というものは、男と女がいるかぎり、どんな社会にでも揃っているように思えますが、実際には、ありそうで案外ないもののようです。

たとえば、男尊女卑の観念が染み込んだアジア的儒教社会や、一夫多妻制のイスラム社会などでは、不倫物語はあっても、女が完全な主導権を握って男の鼻面《はなづら》を引きずり回す型のファム・ファタル物語は成立しないわけです。あるのかもしれませんが、少なくとも表面には出てきません。

ファム・ファタルというのは、やはり、女性に対するギャラントリーが恋愛の前提となっているヨーロッパ型の社会でなければ存在しえないものなのです。なかでも、恋愛というものが女にとっても男にとっても人生最大の関心事であるフランス社会は、ファム・フアタルを生み出すのに最も適した土壌と言えます。極端に言えば、ファム・ファタルは、フランスの専売特許で、文化的輸出品なのです。英語の辞書などでも、この《ファム・ファタル》は、そのままフランス語で収録されています。

しかし、それにしては、フランス文学やフランス文化をファム・ファタルという観点から眺めた研究というものはきわめて少ないような気がします。というよりも、ほとんど存在していないに等しいのではないでしょうか。しかし、フランス文学の傑作の多くが、このファム・ファタルを軸にして出来上がっているのですから、この側面を無視するわけにはいきません。ファム・ファタルを語らずして、フランス恋愛文学は、いやフランス文学そのものが語れないのです。というよりも、近代的な恋愛概念はフランス文学の中から生まれてきたのですから、恋愛の本質を知るのにも、ファム・ファタルへの理解は絶対的に不可欠です。

とはいうものの、ファム・ファタルという言葉自体はそれほど古いものではありません。絵画で言えば、ギュスターヴ・モローやクノプフなどに代表される十九世紀末のデカダンスの風土の中で生まれたものです。この時代、世紀初頭の男性的活力を失った男たちは、積極的に誘惑してくる女に強く惹《ひ》かれながら、その一方で、誘惑されることを激しく恐れるようになりましたが、その複雑な心理から出てきたのが、このファム・ファタルの概念です。

ただ、概念は新しくとも、ファム・ファタルと呼ぶにふさわしい女は、ほとんどフランスの歴史と同じくらい昔から存在しているはずです。フランスに宮廷が誕生し、高貴な奥方を騎士たちがプラトニックに慕う宮廷風恋愛にその萌芽を見ることもできます。

しかし、フランス文学の歴史の中で真にファム・ファタルの名に値するヒロインが登場してきたのは、衆目の一致するところ、アベ・プレヴォ（本名＝アントワーヌ・フランソワ・プレヴォ）が一七三一年に書いた『マノン・レスコー』です。これは、イエズス会の神父（アベ）だったプレヴォが『隠遁したある貴族の回想と冒険』の第七巻として、挿話的に書いた『シュヴァリエ・デ・グリュとマノン・レスコーの物語』が、その後、これだけ独立して読まれるようになったものですが、この恋愛物語のヒロイン、マノン・レスコーこそが、ファム・ファタルの原型となったといっても決して言いすぎではありません。

『マノン・レスコー』を読むと、どんな説明や定義よりも、ファム・ファタルのイメージが理解できるはずです。

ですから、なにはともあれ、『マノン・レスコー』のページをめくってみようではありませんか。

第1講　健気を装う女——『マノン・レスコー』

アラステア画「マノン・レスコー」挿絵
奢灞都館刊『アラステア画集』より

破滅に向かって引き立てる宿命の力

『マノン・レスコー』の主人公のシュヴァリエ・デ・グリュは名家の出で、アミアンにある学寮を優秀な成績で卒業し、いずれはマルタ騎士団に入団する予定になっていました。シュヴァリエ・デ・グリュという名のシュヴァリエ（騎士）の称号はマルタ騎士団から来ています。その若さと将来性という点から見て、ファム・ファタルが誘惑する男としての資格を十分に備えていることになります。

休暇になったので、デ・グリュ青年は故郷の両親のもとに帰ることに決め、その前日、ティベルジュという親友と乗合馬車の止まる宿屋の前を歩いていました。そのとき、乗合馬車から監督者の男と一緒に降りてきた一人の少女と出会ってしまったのです。

「わたしにはその女がじつに美しく思われましたので、かつて男女の別を考えたこともなく、少しでも注意して女を眺めたこともなかったわたしが、すべての人々から思慮分別と慎み深さを賞讃されていたこのわたしが、たちまちにして夢中になってしまうほど恋の炎に燃え立ってしまいました。わたしはひどく臆病で、すぐにどぎまぎする欠点を持っていました。ところがその時は、この弱点に妨げられるどころか、わたしはわが心の君の方へ進みよりました」（渡辺明正訳・中央公論社　以下引用、同）

まさに絵に描いたようなボーイ・ミーツ・ガールですが、ここでひとつ注意していただきたいのは、現代のハリウッド映画やトレンディ・ドラマとは異なって、この時代には、若い未婚の男女が接近することは想像を絶するくらい大変だったということです。とりわけ、未婚の女性は、家と家が取り結ぶ結婚という「商行為」の貴重な商品でしたから、婚前の性交渉はおろか、親のいないところで男性と口をきくことすら許されていませんでした。そして、それは、男の方でも同じことで、未婚の男が交友関係を持てるのは「既婚」の女性と決まっていたのです。

ですから、女性というものにまったく縁のなかった内気なデ・グリュ青年が、少女を見かけたとたんに「恋の炎」が燃え立つのを感じ、どうにも抑えられずに、少女に話しかけたということは、それこそ、雷の一撃を受けたような、とてつもなく例外的な出来事だったわけです。

それでは、もう一方のマノン・レスコーは、この出会いをどのように受け止めたのでしょうか？

「彼女はわたしよりさらに年下でしたが、当惑した色も見せず、わたしの挨拶を受けました。わたしは彼女がアミアンにやってきた用件や、この町にだれか知り合いがあるのかどうかをたずねました。修道女になるために両親に送られてきたのだと、彼女は率直に答えました」

　マノン・レスコーの様子がシュヴァリエ・デ・グリュの視線を介して語られていることに注目してください。デ・グリュにとっては「当惑した色も見せず」「率直に」答えているように思えても、果たして、マノンに計算がなかったといえるでしょうか？　というのも、マノンが本当に育ちのよい、深窓の令嬢だったら、初めて口をきく男に、しかも、あきらかに自分に激しい興味を示している男に、自分は、これから両親の命令でしかたなく修道院に入るのだというようなことを教えるでしょうか？

　そんなはずはありません。この出会いの部分で、マノンはすでに遺憾《いかん》なく、ファム・ファタルぶりを発揮しているのです。すなわち、マノンは、デ・グリュが一瞬のうちに自分にほれ込んでしまったことを察知して、相手がなんらかのアクションを起こすように、誘惑を開始しているのです。

「しばらく黙った後、彼女は自分が不幸になろうとしているのはわかりきっているが、それを避けるいかなる方法も自分には残されていないのだから、これは明らかに神様の意志なのだ、とわたしに言いました」

　なんという女のしたたかさでしょうか？　もし、このとき「どうかわたしを助けてください」などと言ったりしたら、男は逆に、怖《お》じ気《け》づいてしまったかもしれません。マノンが不幸を装い、その不幸を健気《けなげ》に甘受するつもりだと言ったからこそ、デ・グリュは自分以外にはこの女を救うことはできないと確信したのです。

このあたりの駆け引きは、ファム・ファタルたらんとする女性にとっては是非とも覚えておかなければならないテクニックの一つです。悲運に耐えようとする健気な女ほど男の恋心を刺激するものはないのです。案の定、デ・グリュは罠《わな》にはまってしまいます。

「そのまなざしのやさしさ、これらの言葉を述べる時の悲しみにしずんだ魅惑的な様子が、というよりは、わたしを破滅に向かって引き立てるわたしの宿命の力が、一瞬も返答をためらうことをわたしに許しませんでした」

ここで、ラルース大辞典のファム・ファタルの定義を思い出してください。そう、「恋心を感じた男を破滅させるために、運命が送りとどけてきたかのような魅力をもつ女」でしたね。マノンはデ・グリュを破滅に向かって引き立てるために、運命（宿命）が送りとどけてきたファム・ファタルなのです。

「信じたい」男の気持ちを操る

デ・グリュが網にかかったと見るや、マノンはファム・ファタルの本性をすぐにあらわします。監督者として同行してきた男に、デ・グリュは自分の従兄《いとこ》で偶然アミアンで出会ったので、是非とも夕食をともにしたい、だから修道院入りは明日に延ばすと言い出したのです。

ここにも、マノンのファム・ファタルらしい特徴がよく現れています。その一つは、ファム・ファタルには、やたらに従兄(弟)や伯父(叔父)さんが多いということです。ファム・ファタルにひっかかったことのある男性ならよくご存じかと思いますが、ファム・ファタルというのは、見知らぬ男性と一緒のところを目撃されると、いとも簡単に「これ、わたしの従兄(伯父)よ」と弁解するのです。ファム・ファタルにとって、従兄(弟)や伯父(叔父)を新しくつくりだすことなど何でもないことなのです。

閑話休題。

さて、こうして、デ・グリュを誘惑することに成功したマノンは、宿屋の食堂で話しあうあいだに、まるで、その考えが相手の思いつきであるかのように、今の境遇から脱出する方法、すなわち駆け落ちを教えます。

「わたしたちはいっしょになれる方法を話し合いました。さんざん考えあぐんだすえ、駆け落ち以外の方法は見つかりませんでした。監督者の監視の目をくらまさねばなりません」

なんという恐るべきファム・ファタルの力なのでしょうか？　出会ったばかりの男に、すぐに駆け落ちまで決意させてしまったのです。

デ・グリュは夜のあいだに二人乗りの馬車を用意させ、朝早く宿屋を立ち去ろうと考えました。ティベルジュという親友がデ・グリュの態度の急変にきなくさいものを感じて質問し、計画を放棄するように勧めましたが、デ・グリュは友の忠告を聞き入れたふりをして、翌朝、平然と友を裏切り、マノンと駈け落ちしてしまいます。

二人の恋人はパリで家具付きのアパルトマンを借り、まるでおままごとのような新婚生活を始めます。デ・グリュには、旅行に出発するために用意したお金があったので、マノンのお金と合わせると当座はなんとかしのげたのです。このあたりが、ファム・ファタルに恋した男の幸福の絶頂でしょう。

しかし、お金というものはすぐになくなってしまうものです。生活費に事欠くようになったデ・グリュは思い余って、父に許しを乞うて結婚を許してもらったらどうかとマノンに提案します。

ところが、マノンはこの考えに真っ向から反対します。わたしには田舎に何人か親戚(また親戚です!)がいるから、無心の手紙を書けば、お金を送ってもらえるというのです。おまけに、マノンはその言葉に優しい愛撫をそえたので、デ・グリュは手もなく説得されてしまいます。

そうするうちに、デ・グリュは食卓に御馳走が増え、マノンが値の張る装身具を身につけるようになったのに気づきます。不安になったデ・グリュが詰問すると、マノンは平然として、「だって、お金をくれる親戚がいるっていったでしょう」と答えます。よく考えてみれば、庶民の出であるマノンにそんな鷹揚《おうよう》な親戚がいるというのはおかしな話なのですが、なにしろデ・グリュは心の底からマノンを愛していたので、とくに不審には思わなかったのです。

このように、ファム・ファタルというのは、「信じたい」と願う男の気持ち（これが愛というものです）をじつに巧みに操るものなのです。信じたいという心があれば、男はついつい信じてしまうのです。ファム・ファタルたらんとするあなたは、この男の「愛」がどの程度のものかを正確に計測しておく必要があるでしょう。

しかし、いかに男に信じたいという気持ちが強くとも、起こるべきことは必ず起こり、破局は確実にやってきます。ある日、予定よりも早く外出から戻ったデ・グリュがドアをノックしたとき、それは起こったのです。

現実よりも幻影を

デ・グリュはドアをノックしましたが、ドアはあきません。二、三分して現れた女中（こんな所帯にも女中はいるのです！）は、ノックの音が聞こえなかったと言い訳しました。しかし、デ・グリュは一度しかノックしなかったので、すぐにウソがばれてしまいます。問い詰められた女中は、ド・B…氏という人が来ていたので、彼が別の階段から出て行くまでは、ドアをあけてはいけないとマノンに命令されたというのです。

これを聞いたデ・グリュは呆然自失してしまいます。その場を立ち去り、カフェに入って数時間、いろいろと推測をめぐらしたあげく奇妙な説明を見いだします。きっとマノンの裕福な親戚があのド・B…氏に命じて金を届けさせたのだろう。マノンはぼくを驚かせるために、それを隠していたのだというものです。なんというこじつけでしょうか！　しかし、ファム・ファタルに入れあげた男のほとんどは、目の前に歴然たる証拠を突き付けられても、かならずといっていいぐらい、こうした希望的な論理を使って、現実から目をそらそうとするものです。

この点、ファム・ファタルというのは、じつに宗教家に似ています。どちらも、現実よりも幻影を見させる術にたけているのです。

デ・グリュが家に戻ると、マノンは優しく彼を迎えましたが、どうもその様子がいつもと違っているように思えます。彼女の目から涙がこぼれたので、デ・グリュはてっきり不実を悔いている涙だと解釈し、わけを話してくれと懇願しますが、そのとき、階段を上がってくる数人の足音が聞こえました。とたんに、マノンはデ・グリュの腕をすりぬけ自室に閉じこもってしまいました。やってきたのは、デ・グリュの父がつかわした三人の従僕でした。デ・グリュはそのまま、サン＝ドニにある父の家に連行されてしまいます。デ・グリュは父から意外な真相を聞かされます。息子の居場所を教えてくれたのはド・B…氏であるというのです。ド・B…氏はマノンの愛人で、彼女からデ・グリュの住所を聞き出すと、ライバルを厄介ばらいすべく、父宛てに手紙を書いたのです。マノンもこの件に一枚嚙んでいたことになるわけです。

デ・グリュはマノンの裏切りがにわかには信じられず、懊悩《おうのう》しますが、友人のティベルジュの友情ある説得のおかげで、ようやくマノンへの思いを断ち切ることができ、パリのサン＝シュルピス神学校で勉学に励みます。やがて、努力のかいあって、ソルボンヌ（神学部）で卒業試験に相当する公開説教をするまでになります。公開説教は大成功で、デ・グリュは意気揚々とサン＝シュルピスに戻りますが、面会室で御婦人が待っていると知らされます。

「ああ！　何という驚くべき出現でしょう！　わたしはそこにマノンを見いだしました。それは彼女でした。しかしわたしが今までに見たよりももっと美しく、もっと輝かしい彼女でした。彼女は十八歳になっていて、その魅力は人の描きうるすべてのものを凌駕《りょうが》していました」

十八歳の娘の美しさ、これをフランス語では「ボテ・デュ・ディアーブル（悪魔の美しさ）」と呼んでいます。ごく普通の器量の娘でも、十八歳のときには、悪魔の誘惑のような美しさを放つという意味です。マノンはもとからたいへんな美少女でしたから、デ・グリュとしては、どんな理性をもってしても勝てるわけがありません。ファム・ファタルというのは、自分が姿を見せさえすれば、それで男が陥落することを十分に承知しているのです。

しかし、このときはデ・グリュも頑張ります。「裏切り者！　裏切り者！」とマノンをなじったのです。

ここで、マノンがどういう態度に出たか、それが問題です。マノンはさめざめと泣きながら、自分の裏切りを弁解するつもりはないと繰り返し「あなたの心を返してくださらなければ、わたしは死ぬつもりです」と言ったのです。そして、立ち上がるや、デ・グリュを抱擁し、情熱的な愛撫を浴びせかけました。

ファム・ファタルたらんとするあなたは、この場面をよく研究してください。男から裏切りをなじられたとき、それに正面切って反論するのは正解ではありません。まず、後悔の涙、ついで自殺のほのめかし、最後に愛撫、これで男はイチコロです。どんなに怒り狂っている男でも、愛が残っている限り、心の底では、許そうと待ち構えているのです。そのタイミングを見逃してはなりません。

愛を育てる肥料とは

しかし、この段階で止っていたのでは、真のファム・ファタルとは呼べません。というのも、男には、もう一つ「真実探求」という厄介な衝動が残っているからです。つまり、女がどのように自分を裏切り、相手の男に身を任せたのか、その点を知りたいという気持ちを捨てきれないので、かならずやあなたにねちっこく問いただしてくるはずです。デ・グリュもこの例にもれませんでした。

「彼女の過ちはいっさい忘れることを約束しながらも、わたしはどんなふうにして彼女がB…に誘惑されるままになったのか知りたいと思いました」

ここは要注意です。男が許してくれたものと安心し、洗いざらい告白するなどという愚を絶対に犯してはなりません。そんなことをしたら、男は怒り狂い、暴力を振るうかもしれません。とくに「で、どうなんだ、そいつは俺よりデカかったのか? おまえは感じたのか?」などという愚劣な問いにはまともに答えてはなりません。具体的な細部には触れずに、あんな男と一緒にいてもちっとも楽しくはなかった、本当はすぐに後悔した、と答えるべきなのです。この点、さすがに、マノンは天性のファム・ファタルですから、受け答えは実に見事なものです。

「彼に囲われて豪奢な暮らしをしていましたが、彼とでは彼女は一度も幸福を味わったことがありませんでした。彼女の言うところでは、わたしの感情のようなこまやかさやわたしの物腰のような魅力が彼に見いだされなかったばかりか、彼が絶えず与えてくれる快楽のさなかにおいても、わたしの愛情の思い出と自分の不実に対する後悔とを心の奥底に持ちつづけていたからでした」

完璧な模範解答といっていいでしょう。こう答えてやれば、男はいっぺんで安心してしまいます。男というのはなんとも哀れな生き物で、常に自分をほかの男と比較して、その優劣に一喜一憂しているのです。さらにいえば、自分の能力（性的能力のこと）が劣っているために女が逃げたのではないかという不安に怯《おび》えています。ですから、あなたがほかの男とめくるめく陶酔を味わったとしても、そんなことはおくびにも出してはいけません。やっぱり、なにもかもあなたが一番だわ、お願い、許して、この繰り返しでいいのです。そうすれば、男は、女が戻ってきたのは、自分が相手の男より優れていたからだと思い込み、前よりも天狗になって、またもや盲目状態に入ってしまうのです。

案の定、デ・グリュもマノンの答えにすっかり満足し、「この瞬間、マノンのためならキリスト教界のすべての司教の地位をも犠牲にするだろう」と感じてしまいました。ようするに、ふたたび、破滅への途《みち》をまっしぐらに突き進むことになったのです。

その足でサン＝シュルピス神学校を抜け出したデ・グリュがマノンと馬車で向かったのは、パリ近郊のシャイヨーという村でした。いまではセーヌ川を挟んでエッフェル塔と向き合うシャイヨーの丘も当時はうら寂しい寒村だったのです。

では、なぜ、この郊外の村を避難所に選んだのでしょうか？　それは、遊び好きのマノンがパリから離れたくないと言い張ったからです。マノンは、囲われていたド・B…氏からもらった六万フランがあるから、なにも遠くに逃げなくともパリで暮らしていけると言いました。しかし、デ・グリュは父に連れ戻される危険を感じていたため、妥協して、パリに近い郊外に住むことを提案したのです。六万フランあれば郊外でなら十年生活できると計算したからです。

しかし、結果的に、この選択が再び二人を危機に追い込むことになります。

「マノンは遊びごとに夢中でしたし、わたしは彼女に夢中でした。物入りの新しい機会が絶えずわたしたちに起こりました。しかも、ときに彼女がむやみに金を使うのを惜しむどころか、わたしは自分が先に立って、彼女の気に入りそうに思えるすべてのものを買ってやるのでした」

これがマノンのタイプのファム・ファタルの第二の、そして決定的な特徴です。

マノンは、実のところ、その性欲のゆえに浮気を重ねているのではないのです。つまり、性的な面では、自ら申告しているように、デ・グリュ一人で満足しているのかもしれませんし、また、愛情の面でも、デ・グリュを心から愛していることは確かなのです。

ところが、その愛情も、また性愛も、デ・グリュに金がなければけっして発動されないという困った一面を持っているのです。愛よりも金が大事というほど割り切っているわけではありませんが、愛を育てるには金という肥料が欠かせないというシビアーな認識に貫かれているのです。

おまけに、マノンは、都会の喧噪《けんそう》の中で動き回っているときしか幸せを感じることができないというシティー・ガールの典型でした。

「冬が近づき、すべての人々がパリに帰り、田舎はさびしくなりました。またパリに家を借りようと彼女は言い出しました。わたしはそれに賛成しませんでしたが、何かで彼女を満足させるために、パリに家具付きの部屋を借りてもいい、週に何度か出かける集会からの帰りがあまりにおそくなるような場合には、その部屋で夜を過ごすようにしようと、わたしは言いました」

こうして、マノンのこの要求に屈したことが、デ・グリュにとって取り返しのつかない失策となるのです。

「マイナス無限大」への地獄道

ある女が、財産や美貌や将来性といったプラスの価値をたくさん持っていた男をゼロ価値にまで引きずり降ろした場合、世間ではこの女をファム・ファタルと呼びますが、正確には、この呼称は正しくありません。というのも、語の正しい意味でのファム・ファタルとはゼロ価値段階の堕落では決して満足せず、マイナス無限大のところまで男を引きずっていかなければ気がすまないものだからです。

『マノン・レスコー』の恐ろしいところは、ファム・ファタルに入れあげたが最後、男はすべてを失うだけではなく、かならずこの「マイナス無限大」にまで突き進んでいかざるをえないことを例証している点です。では、マイナス無限大とはどのような地獄なのでしょうか？

マノンの贅沢病を知っているデ・グリュはシャイヨーとパリに家を借り、往復を始めましたが、あるとき、シャイヨーの家でボヤが出て大騒ぎになったという知らせを受け取ります。驚いて駆けつけると、案の定、小箱の中に隠してあった金がなくなっていました。デ・グリュは呆然自失します。これまでの経験で、金がなくなったら、マノンとは別れなければならないことを知っていたからです。

「運のついている時に、彼女がどんなにわたしに忠実で、どんなにわたしに愛着しているにしても、貧困におちいった場合、彼女をあてにしてはならないことをわたしはすでにあまりにも経験しすぎていました。わたしのために豊かさや快楽を犠牲にするには、彼女はあまりにもそれらのものを愛していたのでした」

清貧の思想が支配していた時代の日本でしたら、こうしたデ・グリュの心理を理解できる男はそれほど多くなかったかもしれません。しかし、今や、世界の最高級ブランド品の七割が日本で消費されている事実からも明らかなように、日本の女性は「豊かさや快楽を犠牲にするには」「あまりにそれらのものを愛して」います。ですから、現代日本の男は、このデ・グリュの心理がいやというほどわかるにちがいありません。

とはいえ、マノンの名誉のために一言いいそえておけば、マノンはなにごとも金銭ずくで行動する女ではないのです。むしろ、その反対といっていいかもしれません。しかし、それこそが男に破滅をもたらすマノンの性格なのです。

「マノンはとても変わった性質の女でした。彼女ほど金銭に執着を持たない女はありませんでした。しかし金に不自由する心配があると、彼女はいっときも落ち着いていられませんでした。彼女に必要なのは、快楽と気晴らしででした」

ここからもわかるように、女がはっきりと金銭に執着する場合、男はある程度、安心していてかまいません。本物のファム・ファタルではないからです。真に警戒すべきは、「金銭に執着を持たない」と同時に、「快楽と気晴らし」がなによりも好きという矛盾した性格です。ようするに金の本質がわからずにただ楽しく暮らしたいと願う女ははなはだ危険だということです。金がありさえすれば、金の出所などどうでもいいからです。

しかし、そういわれても、お坊っちゃん育ちのデ・グリュのことですから、マノンの心を引き留めておくだけの金をどこで手に入れればいいのか見当がつきません。

そんなとき、デ・グリュはマノンの兄という触れ込みのレスコーという男のことを思い出します。そう、やたらに親戚の多いマノンには「乱暴で、名誉心を持たぬ」ゴロツキの近衛兵の「兄」(?)がいて、この兄がヒモのようにマノンとデ・グリュの家庭に金をせびりにきていたのです。初めのうち、レスコーはお前は俺の妹にチョッカイを出したなとデ・グリュを脅しますが、やがてデ・グリュが名家の出であると知ると、とたんに態度を変え、下手に出たのです。デ・グリュはこの男なら博打《ばくち》その他の手っ取り早い金の入手法を教えてくれるだろうと期待しました。

ところが、レスコーはデ・グリュにこう言ってのけます。「マノンのことで、あんたは何を困ることがあるのです？　彼女をつかまえていれば、好きな時にあんたの心配を終わらせるだけのものをつねに持っているってわけじゃありませんか」

ようするに、マノンのヒモとなってパトロンを見つけさせ、そのパトロンから金を絞り取ればいいというのです。昔風に言えば、美人局（つつもたせ、と読みます）の勧めです。

しかし、さすがにこれはデ・グリュも断ります。すると、レスコーはそれならあんたが誰か金持ち女の愛人（これをツバメといいます）になればいいと答えます。デ・グリュはそれも気が進まず、賭博《とばく》で金を得る方法はないかとたずねますが、レスコーは賭博は素人には無理だと取り合ってくれません。

そこで、デ・グリュは、最後の手段として、友人のティベルジュから金を借りることを思いつきます。ティベルジュは友情のあかしとして、給料の三分の一に当たる千フランを両替商から借りて貸してくれます。デ・グリュは、親友をこんな目に遭わせるとは、俺はなんとひどい奴だと後悔しますが、マノンの姿を見たとたん、そんな自責の念はすぐに忘れてしまいます。以後、デ・グリュはこの調子で、困ったことが生じるたびに親友の友情をとことん利用し、迷惑をかけ続けます。

ファム・ファタルに入れあげた男の勲章

ところで、この「親友を裏切る」という行為ですが、これを男にさせるぐらいでなくては真のファム・ファタルと呼ぶことはできません。もし、あなたがファム・ファタルたらんとするなら、男に自分と親友を秤《はかり》にかけさせ、常に自分を取るように仕向けるようでなくてはなりません。なぜなら、男にとって、親友というのは、お金よりも地位よりも名誉よりも大切なものですから、それさえ捨てうるということは、マイナス無限大に一歩も二歩も近づくことを意味します。

しかし、この「親友を裏切る」ということは、ファム・ファタルに入れあげた男にとっては単なる通過点にすぎません。次の段階は、もっと残酷なものです。すなわち、美人局に一枚加わるという段階です。

美人局を考え出したのはレスコーでした。レスコーは、デ・グリュの召使とマノンの女中が共謀して蓄えを持ち逃げしたのを知ると（あるいはこれもレスコーの仕業かもしれません）、マノンに噛んでふくめるように言いきかせ、ド・G…M…という金満家の愛人になることを承知させます。そして、デ・グリュがこれに怒り狂うと、いや、ド・G…M…には、マノンは弟の養育費を得るために愛人になったのだと言っておいたからあんたは弟と称していつでもマノンと一緒にいることができる、しかも、ド・G…M…から金をせしめたら、あとは自由だ、と、なんとも驚くべき告白をしたのです。

デ・グリュは最初、この提案に当惑しますが、方法はこれしかないと言われると、そうなのかと思ってしまいます。おまけにマノンから「あの人の贈り物を受け取る時間だけ待ってください」と懇願されたときには、情けないことに、その通りにしてしまったのです。つまり、美人局に加担したわけです。

「マノンは用事にかこつけて部屋を出て、戸口のところでわたしたちといっしょになりました。三、四軒下手《しもて》でわたしたちを待っていた馬車が進み出て、わたしたちを乗せました。一瞬のうちにわたしたちはこの界隈《かいわい》から遠ざかりました」

デ・グリュはド・G…M…を脅迫して金を奪ったわけではありませんから、完全な美人局とはいえませんが、それでも犯罪行為であることに変わりはありません。これぞ、マイナス価値そのものです。しかし、マイナス価値の無限大ではありません。そこに到達するにはまだ「成し遂げなければならない」課題があります。殺人です。殺人を犯してこそ、ファム・ファタルに入れあげた男の勲章であるマイナス無限大に落ちることができるのです。

美人局はたちまち露見します。連絡を受けた警察によって、マノンとデ・グリュはアパルトマンで捕らえられ、マノンは娼婦を収容するオピタル＝ジェネラールへ、デ・グリュはサン＝ラザール刑務所に放りこまれます。

それでもデ・グリュは己《おのれ》の非を悔いることはありません。マノンがオピタル＝ジェネラールでつらい思いをしているのではと考えると、いても立ってもいられなくなり、レスコーからピストルを差し入れてもらって脱出を試みますが、そのとき、はずみで刑務所長の召使を撃ち殺してしまいます。それだけではありません。その後、デ・グリュはほとんど破れかぶれになって、あらゆる悪事に手を染めてゆきます。いよいよ、マイナス無限大の地獄に落ちる資格を完全に獲得したわけです。そのあげく、最後は、マノンとアメリカにまで落ち延びてゆくことになるのです。

このように、『マノン・レスコー』には、ファム・ファタルに入れあげた男がたどるべき定番コース、つまり「運命」がじつに巧みに描かれていますから、ファム・ファタルの毒牙にかかることを警戒する男性は、ぜひともこれを通読するようにお薦めします。

しかし、本当のことを言えば、いくら『マノン・レスコー』を熟読玩味してファム・ファタル対策を講じても、現実のファム・ファタルを前にしては、しょせんは無駄な努力なのです。なぜなら、ファム・ファタルは、常にマノン・レスコーのような姿かたちと性格のもとに現れるとは限らないからです。ファム・ファタルは『ターミネーター2』のあの金属男のようにさまざまに変化《へんげ》して襲いかかってくるからです。

第2講　脳髄のマゾヒズム――『カルメン』

アラステア画「カルメン」挿絵
耆溂都館刊『アラステア画集』より

猫型のファム・ファタル

男の前にファム・ファタルがあらわれるとき、「私はファム・ファタルよ、警戒しなさい」と教えるような姿かたちをしていることはめったにありません。少女のようなあどけなさか、あるいは貞女のような淑《しと》やかさを纏《まと》って、まずは男の警戒心を解くことからはじめるのが普通です。というよりも、ほとんどそれが紋切り型にさえなっています。

ですから、ファム・ファタルが、いきなりファム・ファタル然とした妖艶さで登場したりすると、男は、逆に、虚を衝《つ》かれたかたちになって、いっぺんで虜《とりこ》になってしまうこともあるのです。ここのところは、女性にはなかなかわかりにくい心理ですが、ファム・ファタルみたいだから好き、純情そうな女は嫌いという男も確実にいるのです。

しかし、そう書くと、わかった、それってM男でしょう、という答えが返ってくるかもしれません。「女王様」という言葉が何を意味するかだれでも知っているような日本の状況からすると、それも無理のない返事でしょうが、じつは、セックスにかんしてはいささかもマゾヒストではなく、まったくノーマルな男にも、見るからにファム・ファタル然としたタイプの女を熱烈に求める者がいるのです。

こうした男は、外見はファム・ファタルのようだけれども実は純情だったという類の女では満足できません。外見も中身も百パーセント、ファム・ファアタルの猛女でなければ気がすまないのです。なぜなら、セックスはノーマルでも、脳髄のエロスは明らかにマゾヒストのそれだからです。

ビゼーの名作オペラで有名な『カルメン』の原作となったプロスペル・メリメの同名の小説の主人公ドン・ホセはあきらかに、このタイプの男です。竜騎兵としてセビリャのタバコ工場の歩哨《ほしょう》に立たされていたとき、ドン・ホセは女工のカルメンに初めて会い、そのまま地獄へ真っ逆さまの直線コースを歩み始めます。

「金曜日でした、忘れようったって忘れられない。あのカルメンを見たんです（中略）。すごくみじかい赤のスカートをはいてましてね、白い絹のストッキングが丸見えなんだが、これにはいくつも穴があいており、赤いモロッコ革の可愛い靴は火のような紅色のリボンでむすんでいる。マンティーリャは、肩がむきだしになるようにわざとはだけて、ブラウスにはカシアの大きな花束がさしこんである。おまけにもう一輪、カシアの花を唇にちょいとくわえて、それこそコルドバの種馬飼育場で飼われているぴちぴちの牝馬みたいに腰をくねらせながら、こっちのほうへやってくるんです。私の故郷《くに》でしたら、こんな恰好の女を見たら、みんな十字を切ったもんですよ」（工藤庸子訳・新書館　以下引用、同）

なんという、「まんま」のファム・ファアタルでしょうか！　オペラでは、カルメンがこの恰好で、例のハバネラを歌います。

では、ドン・ホセは、どう反応したのでしょうか。じつは、カルメンに強く魅せられながら、いきなり声をかけるような真似はできなかったのです。ここのところは重要です。自分のほうから「よう、ネエちゃん、いいケツしてんじゃんかよ」などと下卑《げび》た声をかけることのできるような男性は、まず、ファム・ファタルに入れあげることはないのです。こうした男は欲望のレベルも下級ですから、脳髄のマゾヒズムなどとは無縁です。

むしろ、ドン・ホセのように、激しい、それこそ身を焦がすような欲望を感じながら、それをぐっと呑み込むタイプの男のほうが、ファム・ファタルに手もなくしてやられるのです。なぜかといえば、こうしたカルメン型のファム・ファタルは、男が欲望をグッと呑み込むその瞬間を決して見逃しはしないからです。言葉よりも無言がより雄弁になる瞬間です。ドン・ホセは、カルメンを無視して、やりかけの仕事のほうに戻るのですが、その正面にカルメンはやって来て立ち止まり、「ちょいとお兄さん」と声をかけます。ドン・ホセはこのときのことを後に回想して、「女と猫は呼ぶと来ないけど呼ばないと近よってくる」と語っています。まさに、その通りで、カルメンは明らかに、猫型のファム・ファタルなのです。

カルメンがドン・ホセに声をかけたのは、彼が銃の手入れに使う火門針をぶらさげるために編んでいた鎖がほしかったからです（当然それは口実ですが）。ドン・ホセが断ると、カルメンは口にくわえていたカシアの花を親指ではじき、彼の眉間《みけん》に当てます。

「それはもう、鉄砲玉を喰らったような具合でしたよ（中略）。女が工場のなかに入ってしまうと、足下の地面におちているカシアの花が目に入りました。いったいどう魔がさしたものか、私は仲間に気づかれぬように花をひろいあげ、上着のなかにそっとしまいこんだのです。私がやった馬鹿なことの皮切りです！」

この場面は、カルメンとドン・ホセの関係を象徴しています。眉間に花をぶつけられ、激しい屈辱を味わいながら、その屈辱が快楽へと変わる。脳髄のマゾヒズムそのものです。ドン・ホセはこのときからカルメンのことが忘れられなくなるのです。

そうしているところに、カルメンが工場でケンカして、相手の女工の額にナイフでXの印をつけたという知らせが届きます。駆けつけたドン・ホセは、カルメンを監獄に連行する役目を引き受けますが、道中で、カルメンは色気たっぷりに話しかけながら、逃がしてくれたらお礼ははずむというような提案をもちかけます。色香に迷ったドン・ホセは、情けないことに、あっさりこの願いを聞き届けてしまうのです。その結果、営倉に入れられたうえに、士官への道もとざされてしまいます。

悪魔であるがゆえに

このように、ドン・ホセは、他のファム・ファタルものの小説の主人公に比べれば、失うものはそれほど多くはありませんが、その分、ひとたび運命の針がマイナスに傾くと、あとは、無限大の方向にむかってまっしぐらということになります。

そうです、営倉から出たドン・ホセは、約束通り、カルメンと情熱的な一夜をともにすることができましたが、このときようやく、自分がのめり込んだ相手がだれだったのか、その正体を知ることになります。次にいつ会えるのかと尋ねるドン・ホセに向かって、カルメンは、自分の口から、そのことを告げたからです。

「おまえさんは悪魔に会っちまった、そう、悪魔だよ。悪魔は黒いとはかぎらないのさ。あんたの首もへし折らなかったもんね。このとおり、羊の毛でつくったもんを着ているけど、あたしは羊ではありませんよ。(中略) さあ、もう一度言うけど、これでお別れだよ。カルメンシータのことは、もう考えないほうがいい。さもないと、木の脚の後家さん［絞首台］と祝言をあげる羽目になるよ」

もちろん、カルメンが諭《さと》したからといって、ドン・ホセが恋を断念することはありません。カルメンという外貌をまとっているかぎり、悪魔が、いくら悪魔だと名乗っても、ドン・ホセは容易に信じないからです。いや、この言い方は正しくありません。なぜなら、カルメンは、あらかじめその姿かたちによっても己の正体をドン・ホセに知らせておいたはずだからです。最初から、淫蕩《いんとう》なジプシー女の姿であらわれ「マンティーリャは、肩がむきだしになるようにわざとはだけて、ブラウスにはカシアの大きな花束」をさし、「もう一輪、カシアの花を唇にちょいとくわえて」いたではなかったでしょうか？ ドン・ホセも「私の故郷でしたら、こんな恰好の女を見たら、みんな十字を切ったもんですよ」と言っているのです。なんのことはない。彼は初めから、カルメンが悪魔だとわかっていたのです。

これが何を意味するのか、少し考えてみましょう。ひとつ確実に言えることは、カルメン型のファム・ファタルは、自らが悪魔であることを隠すことによって男をひきつけるのではなく、反対に、それを開示することによって、吸引力を強めているということです。ドン・ホセは、カルメンが悪魔であることがわかっている「にもかかわらず」ではなく、「がゆえに」強く魅せられ、マイナス無限大の地獄へと転落してゆくのです。

これは、マノン・レスコー型とは、まったく方法論を異にするファム・ファタルといわざるをえません。自分がカルメン型だと思う人が、マノン・レスコーを気取ってもうまくいきません。そうした女性は、ブリッ子（少し古い言葉ですね）になる必要はまったくなく、むしろ、自分の中の悪魔性を積極的にあらわして、強く出たほうが、男をひきつけることができるのです。

ただ、この場合、一つ考慮に入れておかなくてはならないことがあります。それは、相手によるということです。マノン・レスコー型に弱い男に、カルメン型が攻撃をかけても効果はありません。そのかわり、ドン・ホセのような脳髄のマゾヒズムを好む男は、カルメン型があらわれたら、それで一巻の終わりです。

では、なぜこういう現象が起きるのでしょうか？ それは、カルメンが体現している「悪魔」という存在の性別と関係してきます。

悪魔は男でしょうか、それとも女でしょうか？ 私は、男だと思います。なぜかというと、カルメン型のファム・ファタル、つまり悪魔性を持ったファム・ファタルが、その論理を追求していって純化すると、どう見ても男性的な性格を獲得するようになるからです。カルメンを形容するのにどんな言葉がふさわしいか考えてみればわかります。「きっぱりとした」「大胆な」「凜々《りり》しい」といった、本来なら男性に属すべき形容句ばかりです。

それでは、カルメンに振り回されるドン・ホセはどうでしょうか？ 外見こそマッチョな兵士ですが、眉間に花をぶつけられて恍惚とするくらいですから、どうみても脳髄的なマゾ、しかも、かなり女性的な性格のM男です。こういうのを、私はマッチョなマゾという意味でMM男と呼んでいます。

したがって、自分はどちらかといえばカルメン型だと自覚したら、あなたは、外見こそ筋肉隆々だがその実、脳髄的なマゾであるMM男を探すべきなのです。こうしたタイプの男は、文明が軟弱化するにつれて確実に増えていますから、それほど苦労することなく見つかるにちがいありません。

しかし、この手の男を相手にしたことのないあなたは、最初、面食らうはずです。というのも、いままでの恋愛文法とは正反対の文法が要求されるからです。次節では『カルメン』を教科書にして、この特殊な恋愛文法を学ぶことにしましょう。

男が激しい殺意を覚える瞬間

あなたが自分にはファム・ファアタルの素質があるのではと自覚はしていても、マノン・レスコー型かカルメン型か区別ができないときには、男に向かって「出てって！」と叫んだことがあるかどうか思い出してみてください。「ある」と答えた人は、まちがいなくカルメン型です。カルメン型のファム・ファアタルは、男が脳髄的なマゾであることをやめて、自我を主張しはじめたとたん、つまり、独占欲を見せたとたん、「なにを生意気な。出ていきなさい！」と口に出さざるをえないのです。

このとき、男はほとんど例外なく、激しい殺意を覚えます。MM男（マッチョなマゾ男）のマッチョの部分が反応するからです。男というのは、その根本においては女を殺そうとする動物なのです。ここのところを見くびってはなりません。しかし、MM男がMM男たる所以《ゆえん》は、そうした殺意すらが脳髄マゾの刺激剤となることです。つまり、殺してやりたいと思うような屈辱を感じる瞬間こそが、おのれの欲望を最も敏感に意識する瞬間であるのです。ですから、カルメン型のファム・ファタルたるあなたは、男にこの至高の快楽を感じさせてやらなくてはなりません。

さて、ドン・ホセがカンディレホ街のドロテア婆さんの宿でカルメンと情を通じたあと、次はいつ会えるのかと尋ねたとき、カルメンがみずから悪魔だと名乗って、もう自分のことは考えないほうがいいと諭して、そのまままいずこともなく立ち去ってしまったことはもうお話ししました。また、ドン・ホセが、それゆえに一層未練を感じたこともすでに述べたとおりです。

ところで、ドン・ホセ自身が「女と猫は呼ぶと来ないけど呼ばないと近よってくる」と言っているように、未練も少し薄らいだころ、カルメンがまた現れ、城門で歩哨に立っているドン・ホセに密輸を見逃してくれるように囁《ささや》きます。ドン・ホセは最初は拒否しますが、案の定、カルメンの言いなりになってしまいます。カンディレホ街での快楽をほのめかされたらひとたまりもありません。

ところが、なんたることか、喜びいさんでカンディレホ街にかけつけたドン・ホセに向かって、カルメンはこう言い放ったのです。

「あたしゃ、二つ返事でひきうけてくれない奴はきらいなんだ。(中略)もうおまえさんなんか、好きじゃないんだから。ほら、もう帰っておくれ、お駄賃にこのドゥーロ、あげるからさ」

さすが、カルメン！　と言わざるをえません。ドン・ホセの殺意を引き出すこと、そして、それこそがドン・ホセの欲望を燃えたたせる最も確実な方法だということを先験的に知っているのですから。

しかし、あなたがカルメン型のファム・ファタルを目指そうとする場合、この「出てって！」だけでは十分ではありません。そのあとのフォローが大切なのです。

「小一時間も口論したあげく、私は怒り狂ってそこを飛び出しました。しばらくは街をさまよって、頭がおかしくなったみたいにあちこちを闇雲に歩きまわっていました。しまいに教会に入って、いちばん暗い隅っこに腰をおろして、涙をぽろぽろこぼしたのです。ふと、人声が聞こえました。『竜の涙ってやつかしら！　もらって惚れ薬でもつくりたいねえ』目をあげると、真正面に突っ立っているのはカルメンでした」

このタイミングを忘れないでください。前でも後でもいけません。MM男がその図体のデカさにもかかわらず、よよと泣き崩れた瞬間、そこを狙うのです。もし、これを外してしまうと、MM男のマゾ性ではなく、マッチョ性が表に出て、あなたは殴られるどころか、殺されることだってありえます。ファム・ファタルは、自分にとってもファタル（命取り）となることがありうるのです。なんとしても、「出てって！」のあとは「戻ってきて！」でフォローすることが肝心です。

「どうやらあんたが好きになっちまったみたいなんだよ、どうにもしようがないんだ。だってほら、あんたが行っちまったとたんに、なんかこう妙な気持になるんだもの。ねえだから、今度はあたしがおまえさんに頼みにきたんですよ、カンディレホ街によっておくれって」

カルメン型ファム・ファタルの宿命

「出てって！」のあとセックスで仲直りして、メデタシ、メデタシで終わる、まあ、普通の男女のカップルなら、これで十分でしょう。あなたも、カルメン型ファム・ファタルを目指しても、この段階でよしとしなければなりません。しかし、その場合には、あなたは真性ファム・ファタルではなく疑似ファム・ファタル、男も真性MM男ではなく、疑似M

M男にすぎません（まあ、現実には、そのほうが幸せなのかもしれませんが）。女が本物のカルメン型ファム・ファタルで、男が本物のドン・ホセ型のMM男であったら、ここで止まるわけにはいかないのです。つまり、ともに、より刺激の強い快楽を目指して自分を駆り立てていくという「宿命」を免れえないのです。

事実、カルメンはすぐに情の深い女であることをやめ、別の男（ドン・ホセの上官の中尉）をカンディレホ街にひっぱりこみます。いっぽう、ドン・ホセも、まるで磁石に引き付けられる鉄片のようにカンディレホ街に現れて、男を連れたカルメンとはちあわせしてしまいます。さながら、ドン・ホセには、愛を高めるために、より強い「はらわたの煮えくりかえる」ような怒りが必要だとでもいうように。

そして、結果はというと、お決まりの殺人です。ドン・ホセは中尉を剣で殺し、通りに逃げ出します。あとを追ってきたカルメンは「馬鹿なまねばっかしじゃないか。だから言ったろ、あたしとつきあえばろくなことはないよって」と言いますが、意外にも、こうなることはわかっていたとでもいうように、情の深さを見せつけます。しかし、その情はというと、これがドン・ホセをより確実に悪の道に連れこむものにほかなりません。ドン・ホセはカルメンの勧めにしたがって密輸業者になり、次いで、山賊となってしまいます。しかし、その見返りに、ドン・ホセはカルメンのロム（夫）となり、カルメンはドン・ホセのロミ（妻）となります。

「冒険と反逆の生活をおくることで、より親密に女とむすばれるような気がしておりました。これであの女の愛をつなぎとめられると信じてしまった」

ただ、こうは言いながら、ドン・ホセは自分の言葉を信じてはいません。というよりも、ドン・ホセのようなタイプの男は、潜在意識の中では、次なる不幸、つまり、カルメンがふたたび浮気し、その結果、自分があの強烈な嫉妬と怒りを覚えることを期待してしまうのです。ヴォルテールが「神がいなければ神を発明しなければならない」と言ったように、MM男というのは「間男がいなければ、間男を発明しなければならない」という、なんとも因果な性格の持ち主なのです。ここのところの摩訶《まか》不思議な心理は普通の女性にはちょっと理解が難しいかもしれませんが、カルメン型のファム・ファタルになるためには、しっかりと勉強しておく必要があります。逆に、あなたがそうなりたくないのだったら、この手の男とは縁を切ったほうがいいかもしれません。なぜなら、MM男があなたに嫉妬するのは、嫉妬したいからそうするのであって、別に具体的な根拠などなくてもいいからです。

その点、カルメンは天才ですから、だれに教えられるともなく、ドン・ホセの密かな願望をかなえてやります。すなわち、山賊のグループの中ではガルシアという男に気があるようなそぶりを見せて、ドン・ホセの嫉妬を引き出します。すると、果たせるかな、ドン・ホセはガルシアを決闘で殺してしまいます。これで二人目です。ファム・ファタルというのは、たんに相手の男の命を欲するばかりか、ほかの男の命も欲しがるようです。そればかりか、そのことを男に示唆します。これが、カルメンのカルメンたる所以です。

「あたしはつべこべ言われるのはきらいでね。指図されるのはなおいやだ。あたしゃ、自由でいたい、好きなようにやりたいんだ。あたしの堪忍袋の緒がちょんぎれないように、注意しとくれよ。あんまりうんざりさせると、だれか気っ風のいい兄さんを見つけてやる」

このセリフは、フェミニズムのサイドから「カルメン＝自由な女」という図式で、おおいに称賛されているものです。しかし、本当にそうでしょうか？　もし、そうだとすると、少し、理屈にあわないことが出てきます。なにかといえば、SMの世界では、SがMを調教するように見えて、じつはSはMの願望を先取りすることで、Mに奉仕することになっているからです。カルメンはドン・ホセの気持ちを弄《もてあそ》びながら、どんな束縛からも逃れようとする「自由な女」のように思えるかもしれませんが、実際は、そうすることで、ドン・ホセの密かな願望をかなえ、究極のクライマックスに向かって彼を駆り立てるという「サービス」をしているのです。Sとは「サービス」のSなのです。

その証拠に、物語の最後で、ドン・ホセがなお浮気を続けるカルメンに向かって「おまえのために、おれは泥棒になり、人殺しもやった。カルメン！　私のカルメン！　あんたの命を助けさせてくれ」と叫ぶと、こう答えます。

「あたしたちの仲はすっかりおわったんだ。おまえさんはあたしのロムなんだから、おまえさんのロミを殺したらいいんだよ。でも、カルメンはいつだって自由なのさ。カーリと呼ばれる女に生まれたんだ、カーリのままで死なせてもらいます」

この言葉を聞いてドン・ホセは泣きながらカルメンを剣で刺します。

「今でも目にうかびます。私をじっと見つめていたあの黒い目。それからあの目は生気を失って、閉ざされてしまいました」

このように、カルメン型のファム・ファタルは、男に殺人を犯させ、男をマイナス無限大の地獄に引き込みますが、両刃《もろは》の剣のたとえ通り、自分もまた、死への急坂を真っ逆さまに転げ落ちていく「宿命」を生きる存在です。したがって、カルメン型のファム・ファタルとなることは、つねに危険と背中合わせです。なぜなら、カルメン型のファム・ファタルに引き寄せられてくるのは、いつでも、マイナス無限大の「血の池地獄」を甘美な気持ちで夢見る究極のMM男と決まっているからです。

この意味で、カルメンとはドン・ホセの夢想が生んだ幻影かもしれないのです。

イラスト・副田和泉子

第3講「小娘」が化ける瞬間——『フレデリックとベルヌレット』

ファム・ファタルの本質にかかわる難問

ファム・ファタルというのは、風邪のウィルスに似たところがあります。男が心身ともに充実しているときには、壮健な肉体に強い免疫があるように、男から放射される強烈なエネルギーがバリアをかたちづくっていますから、いかに手練《てれん》手管《てくだ》にたけたファム・ファタルといえども、このバリアの中には入って来ることはできません。しかし、ひとたび男のエネルギーが衰えるや否や、ファム・ファタルはたちまち男の内部へと侵入してきて、すべてを貪《むさぼ》りつくしてしまいます。かつてのドン・ファンが、老いらくの恋で、小娘型のファム・ファタルにいとも簡単にしてやられるのはこのためです。

ついでにいっておけば、こうした男のエネルギーの衰えは個体発生についてだけではなく、系統発生についても観察されます。つまり、個人ばかりか、世代の場合も、後続世代になるにつれ、エネルギーは確実に衰弱し、ファム・ファタルを招き寄せる下地が準備されてくるのです。

現代の日本がまさにそうです。団塊の世代あたりまでは、男はマッチョなエネルギーにあふれていましたから、ファム・ファタルが目の前にあらわれようと、まったく意識せずに結婚して子供まで生ませてしまったケースさえ少なくありません。これに対し、新人類以降の世代は、エネルギーが衰えていますから、それこそ、なんでもない娘がファム・ファタルに化けてしまうのです。

これを要約すると、一人の男にとって一人の女がファム・ファタルになるか否かは、個々の男と女の力関係に帰せられる問題だということになります。だが、これでは問題を単純化しすぎているかもしれません。

というのも、ユゴーやバルザックのようなパワーあふれるロマン派第一世代とちがって、ネルヴァルやミュッセなどのロマン派第二世代はエネルギーが多いのか少ないのかよくわからないことが多く、小説のヒロインをファム・ファタルと呼んでいいか判断に苦しむことがあるからです。

たとえば、ジョルジュ・サンドの恋人として知られるアルフレッド・ド・ミュッセの『フレデリックとベルヌレット』という短編小説は、百五十年前の『ノルウェイの森』とでも呼べるような「百パーセントの純愛小説」で、私はひそかにこれを偏愛しています。ところが、角度を変えて眺めると、これがファム・ファタルの本質にかかわるかなり重大な問題をふくんでいる作品にも思えてくるのです。すなわち、この作品は、ある男にはたんなる小娘でしかないような娘が、なぜ、別の男には、命にまでかかわるようなファム・ファタルとなるのかという難問を提起しているのです。

「都合のいい女」の罠

『フレデリックとベルヌレット』の主人公フレデリック・オンベール君は王政復古下にブザンソンからパリに上京し、カルチエ・ラタンに下宿している法学部の学生です。性格はまじめで、大学にもよく通い、あとは論文の口頭試問を待つばかりとなっています。この出だしは『マノン・レスコー』とよく似ています。良家の子弟がファム・ファタルの餌食《えじき》になることを予感させます。

そんな彼が、ある朝、ベランダの草花に水をやっていると、真向かいの建物の窓に一人の娘の姿が見えました。

「とみるまに娘は笑いだした。なおもこちらを見る様子がいかにも晴れやかで、あけすけなので、いやでも会釈しないわけにはいかなかった。娘もにこやかに会釈でこたえた。このときから二人は、毎朝こうして道路をはさんで挨拶をかわす習慣になった」(朝比奈誼訳・筑摩書房　以下引用、同)

どうでしょうか？　いかにも、ボーイ・ミーツ・ガールの単純な恋愛小説そのもので、ファム・ファタル小説になりそうな要素はみじんも感じられないでしょう。それどころか、娘がいきなり笑いだすところなどは、頭のカラッポのコギャルさえ連想させます。事実、娘はその灰色の服の色からグリゼットと呼ばれた陽気なお針子でした。

これに続く導入部も、まるで、現代のトレンディ・ドラマのように陳腐です。フレデリックは女の子に向かって、ラブレターを書いてもいいかとジェスチャーで示したり、投げキッスを送ったりしてさかんに窓越しナンパを試みるのですが、うまくいかないので、すねて見せます。すると、女の子が思わぬ反応を示します。

「一週間後、つづけざまに同じ拒絶を受けた腹癒《はらい》せに、フレデリックは女の目の前で紙片を引き裂いてみせた。女ははじめのうちそれをおかしがり、しばらくぐずぐずしていたが、そのうち前掛けのポケットから一枚の書付けをとりだし、今度は向うから彼に示した。お察しのとおり、彼は首を横に振ったりはしなかった。口を利くわけにはいかないので、大きな字で、大判の画用紙に『君が大好きだ!』と書いた。それから紙を椅子の上におき、両脇に一本ずつ蠟燭《ろうそく》をともした。美人のお針子はオペラグラスを構えて、男の最初の告白を読みとることができた。彼女はそれに笑顔で応じ、先ほど見せた手紙を取りにおいでという合図をした」

いったい、この描写のどこにファム・ファタルの物語となる要素があるのでしょうか?すべては単純なラブ・ストーリーにしか見えません。事実、このあと、フレデリックが手紙を取りにいくと、ベルヌレット(これが女の子の名前です)は手紙を渡し、「もう外泊はおやめになってね」とフレデリックの品行をなじりますが、その手紙には、デートを承知したという返事ばかりか、「あなたは私が大好きだとおっしゃるけれど、私がきれいだとはおっしゃってくださらないのね」などと甘い言葉がつらねてあって、二人はいとも容易にラブラブの関係となります。

「翌日逢引きの場所にやって来た女は、さらにいっそう美しく見えた。彼女はおめかしをしないどころか、すべての虚飾をとりさって一糸まとわぬ姿になっても美しいことがその場でわかったのである」

しかも、ベルヌレットは、ファム・ファタルではない証拠に、自分には二年前から同棲している恋人がいると、正直に打ち明けます。マノン・レスコーだったら、例によって、兄だとか従兄と言いくるめるところでしょう。さらに、自分は田舎芝居の女優をしていたことがあり、いずれ、恋人と別れて、金持ちのパトロンを見つけて舞台にカムバックするつもりだとさえ告白します。

そこで、フレデリックは、ぼくには金もないし顔も広くないので、とてもパトロンとなって君を養っていくことなどできない、また、君たち二人の仲を裂きたくないから、このまま身を引こうと言います。この時点では、あまりに簡単に目的が達成されてしまったためにフレデリックの情熱はそれほどには燃え上がってはいないのです。

反対に、ベルヌレットのほうは激しい執着を見せます。そして、フレデリックがなにか言おうとすると、キスで口をふさぎ、あなたはいっさい気をもまなくていいから、私に会いたくなったら窓から合図を送ってとだけ答えます。

「快楽にふけりたいと思ったときは窓を開きさえすればよいことがわかっていた。ベルヌレットはいつでも手をあけて待っていた」

今ふうの言葉でいえば、ベルヌレットというのはフレデリックにとって、なんとも「都合のいい女」なのです。

ところが、この、まったく抵抗のない「都合のよさ」が、フレデリックのような、エネルギーの弱いお坊っちゃまには命取り（ファタル）となることがあるのです。実際、遊び人の友人ジェラールはフレデリックに忠告します。「そういう恋は思いのほか深間におちいるものだからな」

理性に従う選択が男を苦しめる

しかし、フレデリックというのは根がまじめな青年ですから、ベルヌレットと楽しく遊びながらも卒業試験にも受かって弁護士の資格を取ります。そして、卒業祝いとして父から贈られた金を使って、ベルヌレットになにか贈り物をしようとします。ところが、彼女はそれを断り、殊勝にもこう言います。

「あなたからもらいたいのは、あなただけ」

泣かせるセリフではないでしょうか？　読者の方々も、一度、決定的なときにこのセリフを使ってみてください。相手の男はまちがいなくグッと来て、もうあなたから離れられなくなるはずです。「都合のよさ」とばかり思っていたものが「女の純愛」だと知ったとき（というよりも、正確にはそう思い込んだとき）、男は全面降伏してしまうものなのです。

フレデリックもまさにそうでした。弁護士の資格を取った以上、故郷に錦を飾らざるをえないのですが、出発を一日延ばしにしてしまいます。

そんなとき、ベルヌスレットが浮かぬ顔をして、一通の手紙をポケットから取り出します。だれかがフレデリックとの仲を恋人に告げ口したので、恋人が怒り狂い、フレデリックと決闘すると言い出したというのです。フレデリックは覚悟して、恋敵《こいがたき》の来訪を待ちますが、だれも訪ねてきません。不審に思っていると、人伝《ひとづ》てに、恋敵がムードンの森のなかで縊死体《いしたい》となって発見されたということを知ります。恋敵はベルヌスレットと口論になり、ベルヌスレットが家出して母親のところに逃げ帰ったのに絶望し、みずから命を絶ったのでした。

フレデリックはこの事件に激しい衝撃を受けます。自分のせいで、前途ある青年が一人死んでしまったかと思うと自責の念にさいなまれ、これ以上ベルヌレットとつきあっていることはできないと感じます。そんなところに、ベルヌレットから手紙が届いて、最後に恋人と大ゲンカしたとき、したたかに殴られ、いまは床に就いている、一度でいいから会ってくれないかと伝えてきます。しかし、フレデリックは再会したら、二度と別れられなくなると考え、心を鬼にして、故郷のブザンソンに帰ります。

フレデリックは理性に従ったわけです。ところが、この理性に従うという選択ほど男を苦しくさせることはないのです。そして、この後悔が、なんでもないベルヌレットのような娘をファム・ファタルに仕立ててしまうのです。

「羞恥心」を効果的に使う手法

男が理性に従うといった場合、その理性とは、親の命令である場合がほとんどです。親は息子に品行方正であることまでは望みませんが、結婚だけは理性をもって決めるように希望します。フランス語で見合い結婚のことを「理性の結婚《マリアージュ・ド・レゾン》」というのはこのためです。

故郷に帰ったフレデリックは、親の勧めに従って、美人で財産もあるお嬢さんと見合いをすることになります。ところが、この相手のダルシー嬢というのが風変わりな娘だったため、ストーリーは思わぬ展開を見せることになります。ダルシー嬢は、恋愛至上主義者で、フレデリックの打ち明け話を聞くと、自分にも好きな人がいるから、あなたは恋人と添い遂げるよう努力しなさいと励ましたのです。そして、二人は恋人同士のように仲良くふるまいながら、絶対に夫婦にはなるまいと繰り返すことになります。

しかし、結婚しないという誓いほど危険なことはありません。ミュッセは「恋とは嫉妬深い神のようなもので、人々が自分を恐れなくなると、腹を立てる。それで、恋をせぬと誓ったばかりに恋におちるということも、まま、あるのだ」といっています。さすがは恋愛のベテランらしい含蓄のある警句です。

これは本当なのです。人は、とくに男というのは、結婚を前提としない付き合いというのにある種の居心地のよさを感じるものです。そして、そのあげくに恋に落ちてしまうこともあるのです。ですから、もしあなたが、本当に結婚したいと思うほどの相手が現れたら、戦略としてこの「絶対に結婚しない」という誓いをしてみせるのも一つの手なのです。人間というのは禁止されると逆に欲望を感じる動物だからです。

フレデリックもまさにそうでした。ダルシー嬢が初めのころより美しく見えだして、ついにはプロポーズまでしてしまいます。ダルシー嬢はというと、恋愛至上主義者だと名乗った手前、前言をひるがえすことができません。そこで「人が恋をするのは、一生に一度、恋をする資格があるときだけ」などといろいろとお説教をたれて、フレデリックを悲嘆にくれさせます。その実、自分の言葉の効果のほどを確かめて得意になっていたのです。

ミュッセはこの場面で、「本当に拒絶するつもりの女はただ『否《ノン》』と言うだけであり、いろいろ言い訳をする女は口説かれたいのだ」と注釈を加えています。じっさい、これにだまされなかった男はいるのでしょうか?

それはさておき、お見合いはダルシー嬢の希望で「継続審議」ということになったので、フレデリックは再びパリに出て、司法研修生として裁判所で働くことになります。ところが、というか、果たせるかなというか、フレデリックはベルヌレットと再会します。

「チュイルリー公園のほうへ引き返そうとペー街の角をすぎようとしたとき、若い男に腕をかした一人の女が彼を見て笑った。ベルヌレットだった」

フレデリックがレストランに入って外を見つめていると、ベルヌレットが今度は一人でやってきて、郊外のレストランに行かないかと彼を誘います。食事が済み、夜もふけたので、どこまで送ればいいかとフレデリックがたずねると、ベルヌレットは恥ずかしさと不安が入りまじったようなはにかみを浮かべ、フレデリックの首に両腕をまわしてささやきます。「あなたの所へ」

この部分は要注意です。というのも、マノン型の天真爛漫なファム・ファタルでも、カルメン型の豪胆なファム・ファタルでもない、第三のファム・ファタルが顔をのぞかせているからです。とりわけ、恥ずかしさと不安の入りまじった沈黙、そしてそれに続く大胆な告白、このアンビヴァランスがくせ者です。男はティミッドな態度で口にされるセクシュアリティーにとりわけ敏感に反応するものなのです。恋愛においては、羞恥心を最も効果的に使った女性が最終的に勝利を収めるということを忘れないようにしてください。

なお、この手法についてて研究なさりたい方は、ヒッチコックの『レベッカ』をご覧になることをお勧めします。ヒッチコックは、女のはにかみと不安の表情が男の欲情をかきたてるという弁証法を証明するために、ジョーン・フォンテーンのあの痩せた肩を選んだといわれています。

さて、話が少しずれてしまったので、ストーリーの方を続けましょう。

フレデリックはベルヌレットの告白をうれしく感じながらも、一緒にいた男のことが気になっていたので、あれはだれなのかとたずねますが、ベルヌレットは、あの人は私と結婚したがっているが、チビでデブなのでどうしても好きになれない、そんなことより早くあなたのところに行っておしゃべりしましょうと言います。

「フレデリックはずるずると誘惑にまけてしまった。そして翌日目をさましたときには、これまでの心労もダルシー嬢の魅惑もきれいさっぱり忘れていた」

フレデリックは、ベルヌスレットから強く誘惑されなかったにもかかわらず、いやそれゆえに、恋の深みに落ちたのです。おまけに、「都合のいい女」だったはずのベルヌスレットと別れられないと感じ始めていたのです。

「君を愛する、と今にも言いそうになった。この危険な言葉は唇まで出かかって消えてしまった。しかし、ベルヌスレットはその言葉を心に感じた。そして二人は眠りにおちた、一人はそれを口に出さなかったことに、一人はそれを悟ったことに、それぞれ満足して」

こうしたフレデリックの陥落ぶりを『マノン・レスコー』のシュヴァリエ・デ・グリュのそれと比較してみるのも一興でしょう。フレデリックは抵抗もなく誘惑に負けてしまうのですが、それは、ベルヌスレットのファム・ファタルとしての強度の低さと軌を一にしています。ひとことで言えば、フレデリックとベルヌスレットは水で大幅に薄めた『マノン・レスコー』の物語を生きているのです。

しかし、ここで注目しなければならないのは、結果においては、フレデリックもデ・グリュもさして相違はないということです。つまり、フレデリックもベルヌスレットと遊び暮らしているうちに同じように借金で首がまわらなくなってしまいます。また、ベルヌレットがまったく働こうとせず、のらくらとした暮らしを好むのも同じです。その結果、二人の恋人はマノンとデ・グリュとそっくりの境遇に至るのです。

「侮蔑が愛にとってかわった」

「三月《みつき》後、フレデリックは自分がひどく苦しい立場に追いこまれていることに気づいたので、どうしても別れなくてはならぬ、と女に告げた」

『マノン・レスコー』と異なるのは、ここから先です。というのも、ベルヌレットは前々から別れを予期していたので、フレデリックを引き留めようとしないどころか、つとめて明るく振る舞い、最後に泣きながらキスをして別れます。その後も何度かよりが戻りそうになりますが、フレデリックはそのたびに心を鬼にして、誘惑に耐えます。ベルヌレットも、あなたに一目会いたかったというだけで、結婚してくれなどとは間違っても言い出しません。読者は、こんなに慎ましやかな娘をファム・ファタルと呼んでいいのかと疑いたくなります。

ところが、現実には、ベルヌレットはやはりフレデリックにとってファム・ファタルだったのです。なぜなら、フレデリックは理性に従ってベルヌレットと別れたにもかかわらず、理性に向かってこう問いかけざるをえなくなるからです。

「私は御忠告に従いました。それなのに何もかもなくしてしまいました。私は慎重に行動しました。それなのに、苦しいのです」

そして、いろいろと曲折があったあげく、ついに理性の忠告を振り切って、ベルヌレットのアパルトマンを訪ねます。しかし、なんとしたことか、ベルヌレットはいません。門番女の口ぶりではベルヌレットには男がいるようです。フレデリックは考えます。結構じゃないか、それこそ俺が望んでいたことだ、これできれいさっぱり別れられると。

いったい、世の中の男が何度このセリフを口にしたことでしょうか。そして、何度、フレデリックと同じように泣き崩れたことでしょう。

「しかし家に着くなり、彼ははげしい虚脱感に襲われた。腰をおろして、想念をおしつぶそうとするかのように両手で額をかかえた。争ったところで無駄で、結局自然の情のほうが強かった。彼は涙で顔をぐしょ濡れにして立ち上がった。そして感じていることをそのままわれとわが心に打ち明けると、いくらかさっぱりした」

それでもフレデリックは友人の忠告を容《い》れてベルヌレットと別れ外国の大使館に赴任することを決意しますが、最後にベルヌレットの恋人がどんな男なのかという例の「真実探求」の欲望に駆られたのが運のつきでした。ベルヌレットは自殺未遂でこれに応えたからです。

こうなっては、もうお仕舞いです。フレデリックはベルヌレットを介抱するかたわら、故郷の父親に手紙を書き、ベルヌレットと結婚したいと打ち明けます。案の定、一騒動持ち上がりますが、フレデリックはくじけません。しかし、ここで事件が起きます。父親と決定的な口論をした翌日、くじけそうになった気持ちを立て直そうと、ベルヌレットに会いに行ったフレデリックは、思い掛けぬことを発見してしまうのです。

「部屋には人けがなく、ベッドは空《から》だった。彼は門番の女に尋ねた。そして、疑いもなく、彼には恋仇がいること、そして自分はだまされていることを知った。こんどは苦しみよりも憤りを彼は覚えた。裏切り方があまりはげしいので、侮蔑がたちまち愛にとってかわった」

フレデリックは故郷に戻ると、大使館員としてベルヌに赴任し、そこで知り合ったイギリス人一家の娘と結婚を決意します。ベルヌレットからは何度か手紙が来ましたが、彼は裏切りを責め立てる手紙を書いて、もうこれ以上付きまとわないでくれと頼みます。

新婚の夜、フレデリックのもとにベルヌレットから手紙が届きます。

「残念だわ、フレデリックさん。所詮《しょせん》夢だということをあなたは知っていらしたのですね」で始まるその手紙には、ベルヌレットがフレデリックの父の願いを容れて別れを承知したこと、そして前の男のところに戻ったがうまく行かなかったこと、非難の手紙を受け取って二日間泣き暮らしたこと、自殺未遂以来健康を害しているので、いま自分で止《とど》めを刺そうとしていることなどが書き連ねてあり、「私の一生は生きようと努力して、そのあげく死ななくてはいけないと悟ることで過ぎたのです」と結ばれていました。

フレデリックはどう反応したのでしょうか？　手紙を読み終えると、みずからを殺《あや》めようとしたのです。このフレデリックの態度をどう取るべきでしょうか？　バカな男と笑うのは簡単です。しかし、ミュッセはそうした人に対して、こんな言葉を用意しています。

「縁なき衆生《しゅじょう》は人が死に損なうと、とかくそうした行為を笑いものにしがちである。この点世間の目は冷たい。死のうとする者は笑われるし、死ぬ者は忘れられる」

一人の女がファム・ファタルになるか否か、それはあくまで男との組み合わせの問題に尽きる、こう言わざるをえません。

第4講 自らに恋を禁じたプロフェッショナル——『従妹ベット』

Honoré de BALZAC : Œuvres complètes,
《La cousine Bette》, *Louis Conard*, Paris, 1927, より
illustré par Charles Huart

計算ずくの「何げない視線」

変な言い方かもしれませんが、ファム・ファタルにも、アマチュアのファム・ファタルとプロのファム・ファタルがいます。

アマチュアのファム・ファタルというのは、男の運命を狂わせ、財産を蕩尽《とうじん》させてしまっても、あくまで自然な性向に従っただけです。男のほうが勝手に自滅への道を歩んでいくのです。

たとえば、マノン・レスコーは、自分の妖婦性にたいしてほとんど無意識的です。罪の自覚などひとかけらもありません。贅沢好きで男にむやみに金を使わせて、マイナス無限大の地獄に引きずりこみますが、本人は金銭の有無にはいたって無頓着《むとんじゃく》です。

あるいは、カルメンのようにファム・ファタルの本性を強く意識していたとしても、それを活用して男を弄ぼうと、意図的に振る舞うわけではありません。

これにたいして、プロのファム・ファタルとは、徹頭徹尾、目的的な存在です。なによりもまず、みずからの魔性をはっきり意識していて、それをどれだけ生かしきるかに人生をかけています。もちろんプロである以上、結果は金銭という形を取ってあらわれることになりますが、金だけが目的なのではないのです。ここのところは重要です。つまり、プロのファム・ファタルにとっては、金銭そのものよりも、金銭へと還元された自分の技《ぎ》倆《りょう》にたいする誇りが大切なのです。この自尊心がなければ、いいかえれば金だけを男から絞りとろうとする卑俗な態度しか持ち合わせていないならば、その女は、たんなるあばずれの娼婦にすぎません。あばずれの娼婦ならいくらでもいますが、プロのファム・ファタルというのは、そうめったにお目にかかれるものではありません。

バルザックの『従妹《いとこ》ベット』に登場するヴァレリー・マルネフは、プロ中のプロ、頭のてっぺんから足のつま先までプロフェッショナルな意識に凝り固まった百パーセントの反自然的ファム・ファタルです。

ヴァレリーには無意識的なところはこれっぽっちもありません。どんなささいな仕草や言葉にも名女優の計算が働いています。それに、自分の力を確信していますから、陸軍省の下っ端役人の女房という惨めな境涯に置かれてはいても、ボヴァリー夫人のように身の不幸を嘆くことはありません。待てば海路の日和《ひより》やらとばかり、プロとして生きるチャンスは必ずやってくると固く信じて、準備万端、怠りなくしているのです。

事実、獲物はすぐにあらわれました。それもとびきりの上物、『人間喜劇』でも一番の放蕩者ユロ男爵です。

ユロ男爵は妻のいとこである醜い老嬢ベットを、貧民街のアパルトマンまで送っていきましたが、そのとき、ヴァレリーとすれちがい、それだけで魂を抜き取られてしまいます。女のほうでもすぐにそれと察知します。

「『さようなら!』、ユロ男爵が妻のいとこを家の入口まで送ってそう言ったとき、ひとりの若い女が、やはり家に入ろうとして壁と馬車のあいだを通っていった。小柄ですらりと美しく、ひどくしゃれた身なりで、えりぬきの香水のかおりをただよわせていた。その婦人は、ふと何げなく男爵と視線を交わした。深い意図があってのことでなく、同じ家に住んでいる女の従兄はどんな男か見てみようという程度だった。けれども、女好きの男爵は、強い印象をうけてしまった。パリの男が、昆虫学者が言うあのお目当て《デジデラータ》のものにふと出会ったとき誰でも一瞬感じるあの印象である。男爵は、平静を装って悠然と手袋をはめなおしたが、ふたたび馬車に乗りこむ前に若い女を眼で追った。女のドレスは、クリノリンというあのぞっとするインチキなスカート下ではなく、それとは別の何かのために心地よくゆれていた」(山田登世子訳・藤原書店　以下引用、同)

この一節はファム・ファタルを目指す女性にとっては、拳々服膺《けんけんふくよう》、熟読玩味して検討すべき重要なテクストです。

まずヴァレリーは、ちょっとした外出にも、「ひどくしゃれた身なり」と、「えりぬきの香水のかおり」を欠かさぬように心掛けている点に注意してください。近くのコンビニに行くだけだから、化粧っ気なしの素面に寝癖のついた髪、着古したジャージーの上下に擦り切れたサンダルでもいいや、などと思っているあなたは、すでにそれだけでファム・ファタル失格です。この出会いのように、いつ何時、絶好の獲物が寄ってくるかもしれないのですから、つねに戦闘準備をととのえておかなくてはいけません。韓国の女性はこの点、心がけが立派で、夜中にゴミ捨てに行くときにさえ、化粧をし直し、服をよそ行きに着替えるといいます。

それはさておき、問題は、すれちがったそのときに、男に向ける視線です。バルザックは「その婦人は、ふと何げなく男爵と視線を交わした。深い意図があってのことでなく、同じ家に住んでいる女の従兄はどんな男か見てみようという程度だった」と書いています。いちおう、ヴァレリーの心理を描写しているわけですが、その心理は、いわばヴァレリーに尋ねたらそう答えるはずというレベルのもので、けっして、彼女の深層心理まで測鉛をおろしたものではありません。この程度の表面的な心理描写のほうがストーリーが簡単に進むというバルザックの戦略的な布置によるものです。実際には、この「ふと何げなく」という仕草もまたヴァレリーの演技のうちなのです。というよりも、これこそが、プロのファム・ファタルたるヴァレリーの腕の見せ所で、彼女は、勝負はこの瞬間についてしまうことを経験から熟知しているのです。

案の定、ユロ男爵はヴァレリーの投げた投網《とあみ》にひっかかってしまいます。「女好きの男爵は、強い印象をうけてしまった」とありますが、印象とはフランス語でも英語でもimpression。語源的には、活字などの凸版を柔らかな面に押して、そこに刻印をきざむことを意味します。その反対語は、expressionつまり自らの意志を外側に押し出すこと、転じて「表現」の意味になりました。いいかえれば、ここでは、「ふと何げなく」という表現expressionに込められたヴァレリーのファム・ファタルの「意志」が、ユロ男爵の助平心という柔らかな面に刻印impressionを押したのです。

「うちの局長をはめたね」

男が刻印を押されたかどうか、それは次の動作ですぐに判定がつきます。『カルメン』のドン・ホセもそうでしたが、かならず、「平静を装って」なにかするのですが、眼のほうは女のあとを追っているのです。ファム・ファタルは、ここを絶対に見逃しません。というよりも、すれちがった男が本当に無関心なのか、たんにそう装っているにすぎないのかの判定が瞬間的につかなければファム・ファタルの資格はないのです。

ヴァレリーはプロ中のプロですから、ユロの送った信号をただちに受信してそれを次の仕草で表現します。「女のドレスは、クリノリンというあのぞっとするインチキなスカート下ではなく、それとは別の何かのために心地よくゆれていた」。クリノリンというのはスカートを膨らませて揺らすための鯨の鬚《ひげ》で作った器具。ヴァレリーのドレスは、それではなく、「別の何かのために心地よく」揺れていたというのですから、男としても今度ははっきりと意思表示をしなければなりません。

「見知らぬ女は、道路に面した母屋に通じる階段の踊り場まで来ると、ふりかえるともなく、ちらと通用門の方を見た。と、好き心と好奇心とにかられた男爵が感嘆のあまりその場に釘づけになっている姿が見えた」

またもや、「ふりかえるともなく、ちらと」です。この意識と無意識の境界線上のような仕草こそが、プロのファム・ファタルの真骨頂です。もちろん、そこには無意識の部分はいささかもなく、百パーセントが意識の産物なのですが、そうは見せないところにプロのプロたるゆえんがあります。この仕草こそが、人類のメスがフェロモンに代わって発明した「エロモン」（匂いの学者鈴木隆氏の命名による）の実体なのです。

ヴァレリーは次に急いで階段をかけのぼると、三階のアパルトマンの窓をあけて姿を見せます。そのとき、連れの禿《は》げた男がヴァレリーの横にいて、ユロ男爵の姿を眺めています。男爵はそれを見ると、こうつぶやきます。

「ああいう女たちはほんとうにぬかりなく機転がきくわい！……」「自分の住まいを教え

ている」

　ところが、ユロ男爵がもう一度顔を向けると、夫婦らしき二人はさっと姿をひっこめました。じつは、連れの男というのは、陸軍省局長ユロ男爵の下で働くマルネフという平役人だったのです。

　マルネフは、「堕落があたえる一種の力のおかげでどうにか馬鹿にならずにすんでいるという役人のタイプ」で、悪い病気のために、心身ともに、生きながら腐っています。ヴァレリーと結婚したのは、ヴァレリーがナポレオン軍の名将モンコルネ伯爵の私生児で、庇護が期待できたからですが、モンコルネ伯爵が遺言を残さずに亡くなったため、出世の道は途絶え、妻も贅沢をする金が尽きてしまいました。

　夫婦関係はとっくの昔になくなり、同じアパルトマンに住みながら、夫婦は別々の部屋でそれぞれ独身者として暮らしています。ヴァレリーは外に出て適当に裕福な愛人を見つけ、それなりに豪華に部屋を飾っています。マルネフは妻のそんな振る舞いを承知していますが、安月給で家計は火の車なので、見て見ぬふりを決めこんでいます。この日も、ヴァレリーは夫が振り出した手形を割り引いてもらうために外出したのでした。そんな状況ですから、夫は、戻ってきた妻の様子を見てこういいます。

「お前、うちの局長をはめたね」

それにたいして、ヴァレリーの言葉はこうです。

「と、思うけど」

この二つのセリフに『従妹ベット』のすべてが要約されています。亭主の納得ずくで、好色な金持ちをひっかけ、その金を絞りとるブルジョワの女房ヴァレリー。いっぽうは、貞淑な人妻という幻影に欺《あざむ》かれて、ファム・ファタルの用意した地獄に唯々諾々《いいだくだく》として「はまって」ゆくユロ男爵。

これまでにはなかった新しいタイプのファム・ファタルとその被害者の物語がここから始まるのです。

妖婦を使った「復讐」

『従妹ベット』という小説は、物語を読むと、タイトルが少しそぐわないのではないかと感じます。なぜなら、主役である「妖婦ヴァレリー」でも「好色男ユロ」でもなく、ユロ男爵の貞淑な妻アドリーヌに激しく嫉妬する醜い従妹ベット（四十三歳）がタイトルに使われているからです。

しかし、これはこれで理にかなっているのです。というのも、バルザックは、幸福そうに見える家庭に紛《まぎ》れ込んだ貧乏な親戚という視点から『従兄ポンス』と対《つい》になる作品を書くことを意図しているからです。つまり、自分に近くて自分よりも恵まれている存在への嫉妬というのが作品のライトモチーフだったわけです。

ベット（本名はリスベット）は、同じ農民の娘ながら、従姉のアドリーヌがその美貌ゆえにナポレオン軍の高級将校ユロに見初《みそ》められ、玉の輿《こし》に乗ったのが悔しくて悔しくてたまりませんでした。しかし「ちょうどナポレオンの兄弟姉妹が皇帝の権勢の威光に屈した」ように運命に屈服し、パリで金銀モールの女職人となって自活する道を選びます。

とはいえ、アドリーヌに対する嫉妬は消え去ったわけではないので、ある事件をきっかけにマグマのように噴出し、アドリーヌの一家に襲いかかります。

ベットの嫉妬を全開状態にしたのは、自分が面倒をみていた売れないポーランド人の彫刻家ヴェンセスラスを、ユロ家の娘オルタンスに横取りされたためです。

ユロ家では娘につけてやる持参金がないため、オルタンスは持参金を要求しない相手（金持ちの年寄りか、貧乏な若者）を見つけて結婚するか、修道院に入るかの選択をしなければならなかったのですが、ベットからヴェンセスラスの存在を聞き出すと、若い娘の大胆さで、ベットの心の恋人を奪って結婚してしまったのです。

この事件があってから、ベットは「憎悪」と「復讐」の化身となり、ユロ一家全員を破滅させてやろうと固く心に誓います。そして、そのために同じ建物に住む妖婦ヴァレリー・マルネフと刎頸《ふんけい》の友となったのです。

したがって、『従妹ベット』は復讐の念に燃えるベットがヴァレリーという武器を使って、ユロ男爵から徹底的に金品を奪い取るその過程を中心に進行しますが、しかし、本当の物語は、たとえ女が金銭目当ての妖婦とわかっていても、その抗しがたい魅力のために、破滅に向かって突き進んでいくユロ男爵の心理のほうにあります。ユロ男爵は貞淑な妻ばかりか娘も息子も、さらには兄や親戚まで全員を不幸のどん底にたたき込んでも、放《ほう》蕩《とう》をやめることはできません。この本で繰り返して使っているマイナス無限大ほどユロ男爵にふさわしい言葉はありません。そして、そのマイナス無限大の不幸は、たとえベットの嫉妬がなかったとしても、かならずやユロ男爵を見舞ったであろうと思わせるところに、この作品の恐ろしさがあります。

相手の欲望の質を見抜き、自分を調節せよ

しかし、それでもユロ男爵のマイナス無限大もナポレオン並の高等戦術を駆使するプロのファム・ファタル、ヴァレリー・マルネフがいなければ、その地獄も口を広げなかったかもしれません。それほどに、ヴァレリーのファム・ファタルとしての腕前は見事だったのです。手初めに、ヴァレリーがユロ男爵をアパルトマンに招待したときの手口を観察してみましょう。

「マルネフ夫人は、局長の前の女がどんな女たちだったのかを知って戦闘準備をした。夫が役所で少し聞きこんできて、くわしく話して聞かせたのである。今風の恋愛劇はどうやら男爵には新鮮な魅力がありそうだと踏んで、ヴァレリーの決心はかたまった」

ユロの前の女とは高等娼婦のジョゼファやジェニー・カディーヌといった類の女たちです。ユロは金の切れ目が縁の切れ目で愛人のジョゼファから捨てられてしまったので、今度は人妻との情事を夢みるようになります。

ヴァレリーは、ユロの恋愛対象のシフトを予想して、あらかじめそのイメージで行こうと心を固めたところでした。そして、アパルトマンをそれ風に整え、衣装も貞淑な人妻のイメージで統一します。

「しっかりと心をつかんで残酷な態度にでる権利を手にし、現代風に男を弄ぶ秘策を駆使して、子どもに菓子をあたえる時にじらせるように相手をじらす権利を握りたいと思っていた。ヴァレリーはユロがどんな男か見抜いていたのだ。窮地に陥ったパリジェンヌに二四時間あたえてみたまえ。内閣だってひっくりかえしてみせるにちがいない」

ここで指摘しておきたいのは、プロのファム・ファタルの手練手管というものは、相手の男が抱いている欲望の質を見抜き、そのイメージにぴったりと寄り添うように自分を調節する能力のことを指す点です。

これは今の日本ならイメクラ（イメージ・クラブ）の風俗嬢に要求される能力ですが、じつはイメクラ嬢に限らず、この能力こそファム・ファタルを目指そうとする全女性が持っていなければならない基礎資格なのです。

そうです、ほとんどの女性が誤解していますが、男をひきつける女の魅力とは、美貌でもスタイルでも、ましてや心や頭でもないのです。男がかくあってほしいと願う女に自分を重ね合わせる変身能力、これこそが一般に「女の魅力」と呼ばれているものの根源です。この能力を欠いている女性は、たとえどんな美人であっても決してモテません。また美人でない人が整形して美人になっても、この変身能力を獲得しないかぎり、モテるようにはなりません。イメージ動物たる男は、あるがままの女ではなく、自分の心の中の女に向かって欲情するものだからです。

ヴァレリーは、プロの中のプロですから「貞淑な人妻」というイメージに百パーセント添うように演技します。しかも、貞淑ぶればぶるほど、イヤイヤをすればするほどユロは感動し、贈り物を雨あられと降らせるのですからこんなにうまい話はありません。

「男爵は、一つ贈り物をするたびに、やれ美徳の城塞を壊してくれるな、良心を踏みにじる真似をするなと言われる始末だった。あわれなユロは、魔法の杖を贈るためにあれこれと策を弄《ろう》さねばならず、その魔法の杖たるや実に金がかかったのだが、とうとう徳のある女に出会えたのだ、自分の夢がかなったのだと思って自画自賛した」

しかし、当然のことながら、ヴァレリーは「徳のある女」どころの騒ぎではありません。むしろ、その正反対の、骨の髄までの娼婦です。

「生粋《きっすい》のパリジェンヌらしく、マルネフ夫人は苦労が大嫌いだった。必要に追いつめられないかぎり走りも跳びもしないあの猫のようなのらくらした性癖をもっていた。彼女にとって人生はこれすべて快楽であり、快楽は苦労知らずでなければならなかった。花が好きだったが、花が贈られてくればの話だった。観劇といえば、ぜひにも自分専用の良い桟敷《さじき》席がなければならず、出かける馬車がなければならなかった」

ところで、こうした娼婦気質は先天的なものであることが多いのですが、ヴァレリーもそれをモンコルネ将軍の愛妾《あいしょう》だった母から受け継いでいます。これまでは、ナポレオン帝国の没落で、この気質をうまく生かす機会がなかっただけなのです。

しかし、ついにユロ男爵という獲物が現れて、ヴァレリーの娼婦的気質は水を得た魚のようにその真価を発揮しはじめます。バルザックは、こうしたヴァレリーのような女の手にする幸運についてこんなことを言っています。

「パリでは、自分の美貌を売りものにして稼ごうと決心した女がいても、必ずしも財産をなすとはかぎらない。（中略）うわべは貞淑な人妻のふりをしながら娼婦に身をやつし、うまい汁を吸おうと決意しても、それだけでは足りないのである。『悪徳』はそうはかんたんに成功するものではない。この点、『悪徳』は『天才』と似ており、いずれも、運と才能がともに活きるようなめぐりあわせの良さが要る」

ファム・ファタルとしての才能のある女でも、天才と同じように、運がその才能を開花させるような巡り合わせをつくってくれないかぎり、世に埋もれてしまうものなのです。ですから、もし、あなたがファム・ファタルたらんと決意したとしても、「それだけでは足りない」のです。運が巡ってきたときに、それを間違いなく捉えることのできる機を見るに敏な決断力が必要です。チャンスは、前髪はあるがうしろは禿《はげ》の老人に似ているといいます。通り過ぎてしまってから慌てて捉えようと手を伸ばしても、うしろには髪がないので、手はツルリと滑ってしまうのです。

「悪名もとどろかせずに没落してゆく」

それはそうと、バルザックは、男にとってなにが危険といってヴァレリーのような淑女ぶる女ほど危険なものはないと言っています。なぜかといえば、一見それとわかるようなファム・ファタルは、売春宿の赤いネオンのように、あそこに行けば破滅だと男のほうでも警戒しますが、この手の「スカートをはいたマキャベリ」は、けっしてそんな危険を男に気取らせずに、誘惑を行うからです。

しかし、その分、危機は深く静かに潜行し、男は確実にマイナス無限大への道を歩んでゆくことになるのです。

「[ヴァレリーのような女は]ずるずると良くわからない破滅に男を追いこんでゆく。何に使ったのかさっぱりわからないのに、いつの間にか破滅を認めざるをえないような妙な破滅のしかたなのだ。財産を食いつぶすのは、みみっちい家計簿であって、派手な気まぐれなどではないのである。一家の父親ともあろう者が、悪名もとどろかせずに没落してゆく。せめてもの慰めに派手に遊んだという虚栄心の満足を得ることもなく、みじめに落ちぶれてゆくのである」

この「悪名もとどろかせずに没落してゆく」一家の父親という言葉に注目してください。なぜなら、この感想こそは、銀座や六本木の高級クラブのホステスに入れあげたあげく身を滅ぼす鼻下長族のオトーサンたちが抱くそれだからです。バーッと派手に遊んだら慰めもつくが、そんなこともないのにいつしか借金まみれになって会社の金に手を出して失墜した男たちが手記を綴《つづ》れば、かならずや、こんなところになるのです。

この意味で、ヴァレリーの戦略・戦術は高級クラブのホステスのそれとよく似ています。いや、似ているどころか、ヴァレリーは高級クラブのホステスそのものです。なぜなら、ヴァレリーは手に入れたヴァノー街の邸宅をサロンにして、有名人や金満家を集め、自分は社交界の貴婦人という地位に収まったからです。おかげで、今度は、ユロ男爵だけではなく「社交界の貴婦人」というイメージに惹かれる馬鹿男たちが、雲霞《うんか》のごとくに、ヴァレリーのもとに殺到することになります。次節ではその愚かなる男たちの心理について見ていくことにしましょう。

男の自己愛を満足させる

男というものは、なぜ銀座や六本木の高級クラブに通いたがるのでしょうか？　ひと座り最低三万円、平均でも五万円（もちろん、一人当たりの金額）の高級クラブがバブル崩壊後でも潰れずにやっていけるのは、そこに、性欲とは別のなにかが働いているからです。私は、その「なにか」を突き止めたくて、銀座の高級クラブに何回か足を運んだのですが、ずいぶん高い授業料を払ったあげくにようやく実態を突き止めることができました。

それは「選ばれる（一般にはモテるといいます）」ということに対する自尊心であり、愛とも性欲とも全然関係のない、自己愛の一種です。つまり、功成り名を遂げ、それなりの金を手にした男たちは、ほかの客ではなく、「自分」がホステスからモテた（選ばれた）ということを確認したいがために高級クラブに通うのです。性欲の処理に五万円払うのはもったいないと感じる男でも、自己確認のしるしには平気でその何倍もの金額を投じるものなのです。したがって、高級クラブにおける良きホステスとは、男たちのこうしたイジマシイ自己確認の作業に力を貸してやることのできる女性ということになります。

しかし、この自己確認が円滑に進むためには、もう一つ、重要な要素がなくてはなりません。店に通い詰めてくる他の客、それもお目当てのホステスについているライバル客という存在です。なぜなら、それがないと、自分だけが「選ばれた」という快感が湧いてこないからです。あいつではなく、この俺が選ばれたという自己愛、これが重要なのです。この意味で、真に優れたホステスというのは、すべての客に万遍なく、自分一人が選ばれている（モテている）という錯覚を与えることのできる女性ということになります。

『従妹ベット』の妖婦ヴァレリーは、もしホステス大賞というものが存在したとしたら、まちがいなくグラン・プリ第一号に輝いたであろう女性です。なぜなら、彼女は、男たちの金をより効果的に搾《しぼ》りとるためには、愛やセックスのほかに、「俺だけが選ばれた」という自己愛を満足させてやることが必要だと真っ先に気づいていたからです。そして、そのために設けた「場」が、パトロン一号のユロ男爵にねだってヴァノー街につくったサロンだったわけです。

このヴァレリーのサロンの常連となって、ユロと同じように彼女にいいようにあしらわれるのが、クルヴェルという男です。クルヴェルは香料商セザール・ビロトーの丁稚《でっち》からスタートし、一代で財を築いた成り上がりの富豪です。娘をユロの長男に嫁がせた関係で、ユロ家と姻戚関係を持つようになりましたが、女道楽という趣味においてユロとは同志であると同時にライバルの関係にあります。ただ、ユロとちがうのは、クルヴェルにはユロの欲しがる女を欲しがる傾向があったことです。これは、哲学者ルネ・ジラールのいう「欲望の三角形」の典型で、あるがままの女に恋するのではなく、他人が描いてみせた女のイメージに向かって恋する、真似っ子的欲望なのです。

そのため、ユロが素人の人妻であるヴァレリー（もちろん、それは外見だけなのですが）を手に入れると、それが羨ましくてたまらなくなります。というのも、例によって真似っ子的な欲望が働いたのはいうまでもありませんが、そこに、もうひとつ、クルヴェルの最大の弱点があったからです。すなわち、クルヴェルは、これまで自分が客として相手してきた上流の貴婦人というものを手にいれたいという強い願望を抱き続けてきたのです。

「こうしたサロンの妖精を相手にできるところまで出世すること、それが、若い頃から胸に秘めてきたクルヴェルの欲望であった。だからマルネフ夫人の愛顧を得るのは、彼にとってはたんに夢まぼろしが現実味をおびるということだけでなく、これまでにみてきたとおり、プライドと、虚栄心と、自尊心の問題でもあったのである。彼の野心は成功によってますますあおられていた。クルヴェルはまず頭でかぎりない歓びを味わった」

この一節は、ファム・ファタルを目指そうという女性、とりわけプロのファム・ファタル志願者には、ことのほか重要ですから、しっかりと心に刻んでください。というのも、ここには、男という存在の本質があらわになっているからです。

多くの女性が犯しやすい過ちの一つは、男はあるがままの自分に恋してくれるものと思い込むことです。女性は自分がそうなので、ついそう思ってしまうのですが、これが大きな間違いのもとです。

男というのは、特に、功成り名を遂げたリッチマンというのは「プライドと、虚栄心と、自尊心」に突き動かされて恋をするものなのです。これまで頑張ってきた自分を褒めてあげたいがために、女優やタレント、あるいは銀座の一流クラブの一流ホステスに入れあげるのです。平たく言ってしまえば、成り金にとって、女とは、メルセデスＳ６００とか高級ゴルフ・クラブの会員権と同じジャンルの「見栄商品」にすぎないのです。

したがって、プロのファム・ファタルが絶対にやってはいけないことは、簡単に男と寝て、裸の（これは文字通りの意味と象徴的な意味と二重のニュアンスを含みます）自分をさらけ出してしまうことです。裸になったら、女優・タレントだろうと、一流クラブの一流ホステスだろうと、基本的には皆同じです。そして、その瞬間に、男が勝手に抱いてきたイメージはガラガラと崩れてしまいます。

ですから、プロのファム・ファタルは、どんなときでも、男のイメージをより強固にする方向で演技をしなければならないのです。そして、その演技が巧みであればあるほど男は歓ぶものなのです。

「ヴァレリーは実に上手につれないそぶりを装って、クルヴェルにほだされたかに思わせ、しまいにはこのブルジョワ男の気ちがいじみた情熱に屈してしまったかのように見せかけるのだ。ところがヴァレリーはまた形勢をくつがえし、そんな自分が恥ずかしいと言って（中略）、いつもクルヴェルをその威厳でおしつぶすのだった。なぜならクルヴェルは頭からヴァレリーを貞淑だと信じこんでいたからである」

ここには、銀座や六本木のクラブで一流のホステスになれるか否かの基準が示されています。一般に信じられているのとは逆に、「すぐやらせる」ホステスは絶対に一流にはなれません。なぜなら、それは自らのハードルを低くしてしまう行為だからです。これは一般の男女の付き合いでも同じで、「させ子」はいい男を絶対にゲットできないのです。

しかし、貞淑であれば男にモテるかといえば、そうはならないところに面白さがあります。「貞淑そうな」女はモテますが、本当に貞淑な女のところには男は寄ってこないのです。必要なのはあくまで「貞淑らしいそぶり」なのです。

恋が妖婦ヴァレリーの命取りに

ただ、それ一本槍では、ファム・ファタルにはなれません。もう一つ必要なのは、その貞淑の鎧《よろい》が一瞬崩れるかのように装うことです。しかも、その一瞬のスキを垣間見たのは俺一人だと男が思い込むようにしむけることこそが必要です。この点、ヴァレリーはプロ中のプロですから、抜かりはありません。

「他人がいるところでは、マルネフ夫人はあどけなく、恥じらい深く、(中略)うっとりとさせた。ところが、いざ男と水入らずになると、ヴァレリーは娼婦も顔負けだった。愉快で、楽しくて、次から次へと新しい思いつきを考えだすのだ。

こうした表と裏のコントラストはクルヴェルのような男をどれほどうれしがらせたことだろう。クルヴェルはこんな茶番劇を演じてもらえるのは自分一人だと思いこんでいい気になっていたのである。そう、クルヴェルはヴァレリーがこんな演技をするのもひとえに自分のためだと信じていたのだ」

ファム・ファタルにはコントラストが大事、これを忘れてはなりません。

ついでに言っておけば、このコントラストの効果は、セックスに至った場合でも大切です。セックスにおいても恥じらいはなくてはならない香辛料です。いきなり、淫獣のように叫ぶなどというのは愚の骨頂です。あくまで、耐えに耐えたあげくに漏れる快楽の吐息にこそ、男は感動するのです。なぜなら、女の快楽の錠をあけたのは自分の鍵だけだと、たいていの男は思い込むからです。本当は、恥じらいも、快楽の吐息も、どちらも演技なのですが、そこのところは、自尊心の生き物である男にはわかりはしません。というよりも、演技であったほうが男は歓ぶものなのです。

「嘘でかためた金銭がらみの恋は、現実の恋より魅力がある。本気の恋愛だと、つまらぬ口げんかをしておたがい傷つけあったりするが、冗談半分のけんかは、相手をだましながら自尊心を愛撫してやるようなものだ」

ヴァレリーは、こうしてユロとクルヴェルを巧みに操り、どちらにも自分一人が本当に愛されていると思い込ませることに成功します。そして、二人を二頭立ての馬車に見立てて思いきり鞭を当てます。その実、かつての恋人でパリに戻ってきたブラジル人にだけ体と心を許しているのです。

ユロとクルヴェルはそのブラジル人の存在に気づいて、ヴァレリーはとんでもない性悪女だと悟りますが、それでもヴァレリーの魅力から逃れることはできません。二人はヴァレリーの美点を一々数えあげ、おおいに同感して「心とろかす悪魔的な思い出の数々に心揺さぶられながら」慰めあうのです。

ただ、それでも、クルヴェルは金満家ですからまだ余裕がありますが、ユロのほうはたちまち全財産を失い、借金まみれになります。一家は、復讐鬼と化した従妹ベットの計画通り、不幸のどん底に追いやられますが、ベットの復讐はそんなことでは収まりません。ユロの娘のオルタンスに奪われたかつての恋人ヴェンセスラスをもヴァレリーに誘惑させてしまうのです。ヴェンセスラスは、予想通り、ヴァレリーを一目見たとたんにのぼせあがりますが、オルタンスの巧みな引き留め工作でなんとか誘惑に堪《た》えます。ところが、これがヴァレリーの誇りを傷つけます。

「この種の女はそれなりのプライドがあって、悪魔の爪に接吻させたいのである。だから、自分たちの力をおそれずに立ち向かってくる『美徳』を決して許さない。(中略)男が、何人もの取りまきに囲まれた女に執着するように、女もまたほかの女に愛されている男に執着する」

そのあげくに、ヴァレリーは「一生に一度、女の胸をしめつけるあの狂おしい恋にとりつかれて」しまいます。そして、結局、この恋が妖婦ヴァレリーの命取りとなります。嫉妬に狂ったブラジル人が謎の毒薬で、ヴァレリーの命を奪ったからです。

このように、どれほど計算高く、冷静なプロのファム・ファタルでも、本気で男に恋をしたら、その時点で、すべての神通力は失われてしまうのです。

プロのファム・ファタル、それは自らに恋を禁じた悲しき女の別名なのかもしれません。

第5講「金銭を介した恋愛」のルール──『椿姫』

Alexandre DUMAS fils : *La dame aux camélias*, *Maison Quantin*, Paris, 1887. より illustré par A. Lynch

十九世紀フランスにおける恋愛と結婚、サロンと社交界について

どうしても日本語にならないフランス語のひとつに「アムール・ヴェナル amour vênal」というのがあります。「ヴェナル」とは「金銭を介した」という意味ですから、説明的に訳すなら、「金で売ったり買ったりすることのできる恋愛」とでもなるのでしょうか。もちろん、アムールには「セックス」という意味もありますから、「売春」とか「買春」と訳すこともできなくはありませんが、これでは大切なニュアンスが抜け落ちてしまうような気がします。というのも、売り買いされるのはたんにセックスだけではなく、やはり「愛 amour」だからです。

アレクサンドル・デュマ・フィス（『三銃士』のアレクサンドル・デュマの息子）が書いた『椿姫』は、このアムール・ヴェナルから派生するあらゆる問題を我々に垣間見せてくれるという点で、ファム・ファタルの研究には欠かせない文献であるということができます。

しかし、『椿姫』の分析に入る前に、十九世紀フランスにおける恋愛と結婚、それにサロンと社交界のことを、ザッと学習しておかなければなりません。なぜなら、この時代の恋愛と結婚というものが、二十一世紀の私たちの考えるそれとはおおいに異なっているか

らです。
十九世紀まで、いや極端にいえば二十世紀の前半まで、フランスでは中流以上の若い娘と青年が恋愛をして結婚するということは原則的に認められていませんでした。婚前セックスとかデキチャッタ婚などはいうもおろかで、そんなことをした娘は修道院に入るほかありませんでした。結婚はあくまで家と家の結びつき、お金とお金の結合であり、個人と個人が結ばれるものではなかったのです。結婚は、プロ野球やプロサッカーの金銭トレードに似たところがあり、双方の家族の出し合った条件が一致したところで合意を見たのです。

この意味で、若い男女の恋愛結婚というものは、フランスではまずありえないものでした。あれほどに恋愛文学が盛んで、文学といえば恋愛、というほどに恋愛が執拗に描かれているはずのフランス文学に、『若きウェルテルの悩み』や『ロミオとジュリエット』のようなボーイ・ミーツ・ガールの類の若い男女の恋愛がないのはこのためです。

では、フランスの恋愛文学というのはいったい何を描いていたのかといえば、それは全部が全部、人妻と若者の恋です。『クレーヴの奥方』に始まって、『赤と黒』『谷間の百合』『ボヴァリー夫人』など、フランス文学の傑作はすべて、人妻の不倫小説です。

これは、裏から見れば、女性は結婚して初めて恋愛を許されたということを意味しています。婚前恋愛も婚前セックスもいっさい御法度《ごはっと》だが、いったん、結婚してしまえば、女性はある程度の自由を得たのです。しかも、その傾向は上流階級になればなるほど強くなり、大貴族の奥方ともなれば、それこそ、毎日、服と同じように愛人を取り替えて、恋愛を楽しむことができました。

この上流階級における既婚婦人の恋愛を制度的に支えていたのが、サロンと社交界というものです。

サロンは古くは、十二世紀に大貴族の奥方が吟遊詩人などの芸人を自分の城に呼び、そこに若い騎士たちが集まってきたのに端を発していますが、制度として確立されたのは、ルイ十四世の愛妾たちが芸術家や文学者を自宅に招くようになってからです。つまりサロンの中心には、身分が高く教養もエスプリもある貴婦人がいて、その貴婦人の庇護《ひご》を得ようと、若くて野心的な若者が集まるようになって、サロン文化が花開いたのです。このサロンの集合体が社交界で、これがモンド (monde) と呼ばれていました。

ところで、この社交界の話をすると、だれもが疑問に感じるのが、そのサロンの中心となっていた貴婦人の夫はどうしていたのかということです。夫も奥方のサロンで客をもてなしていたのでしょうか？　もちろん、そういうケースもなかったわけではありません。しかし、一般には、奥方の主催するサロンには、夫は顔を見せないのが不文律《ふぶんりつ》でした。

夫は社交界とは別のところに出掛けていたのです。

この場所、というか世界が、ドゥミ・モンド（demi-monde）と呼ばれるものです。直訳すれば「半社交界」ですが、より分かりやすく訳すなら、「裏社交界」となるでしょう。すなわち、大貴族や大ブルジョワの奥方たちがサロンを開いて若くて野心的な若者たちを迎え入れている一方、その旦那たちは、オペラ座の若い女優や踊り子をお妾《めかけ》さんとして囲って、その妾宅でくつろいでいたのです。この囲われものの女性たちは、最初こそ、妾宅でじっとしていましたが、やがて、堂々と街に出て、グラン・ブールヴァールの高級レストランやオペラ座の桟敷にもパトロンと一緒に顔を出すようになりました。それどころか、『従妹ベット』のヴァレリー・マルネフのように、一人のパトロンを迎え入れるだけでは気がすまず、何人ものパトロンを自宅に招待して、社交界に対抗するような世界をかたちづくっていたのです。社交界（monde）が全員上流社会の人間であるのに対し、こちらは半分だけが上流人士ですので、半社交界（demi-monde）と呼ばれたのかもしれません。

いずれにしろ、この呼び名は、『椿姫』と同じくデュマ・フィスの同名の戯曲から来たものので、それ以後に一般化したものです。

悲劇は「ルール違反」から始まった

この二つの社交界は、一見すると非常によく似ていましたが、男性がそこに出入りするためのパスポートの種類が決定的にちがっていました。

本物の社交界（モンド）の方は、「美貌・才気」がパスポートで、たとえ、若者が無一文、無一物であっても、美貌に恵まれ、才気にあふれていさえすれば、『ゴリオ爺さん』のラスティニャックのように、サロンを主催する貴婦人に見初められて出世の糸口をつかむこともできました。

これに対して、半社交界（ドゥミ・モンド）のそれは「金」でした。金さえあれば、下賤な成り上がりの商人でも、半社交界で我が物顔にのし歩くことが許されましたが、もし、金がなければ、出入りは初めから認められなかったのです。

したがって、『椿姫』の主人公のアルマン・デュヴァルのような「美貌・才気」はあっても「金」のない若い男は、むしろ、ラスティニャックのように社交界を目指すべきでした。ところが、アルマン・デュヴァルは、金もないくせに半社交界に出入りしようとしたのです。これは、明らかな「ルール違反」でした。

そして、『椿姫』の悲劇は、年収一千万円のアルマンが、交際には最低二億円の年収が必要とされる「最も高い女」マルグリット・ゴーティエに一目惚れしてしまった「ルール違反」から始まるのです。

マルグリット・ゴーティエはもう何人もの男を破産に追い込んだほどの有名な高級娼婦(demi-mondaine)です。高級娼婦というのは、パトロンが決まっているお妾さんとは多少異なり、「客」は何人かいます。それというのも、その要求する金額があまりにも高額で一人ではとうてい彼女の贅沢三昧を支え切れないので、何人かの男が共同で金を出し合い、部分的に(たとえば決まった曜日に)相手をしてもらう協定を結んでいるからです。いわば、マルグリット・ゴーティエは、生ける株式会社のような存在なのです。その証拠に、マルグリットは、株主を募集していることを示すためにこんな工夫をしているのです。

「マルグリットは芝居の初日にはきっと欠かさず見に行った。そして毎晩、劇場や舞踏場で夜をふかした。新作が上演されるたびに、きまって彼女の姿が見られたが、そういうときには、必ずと言ってもいいほどに、一階の桟敷《さじき》の前には、三つの品がそろえられてあった。観劇眼鏡《ロルニエット》と、ボンボンの袋と、椿の花束が。

この椿の花は、月の二十五日のあいだは白で、あとの五日は紅だった。どんな理由でこんなふうに色をとり変えるのかだれにも分らなかった」(新庄嘉章訳・新潮文庫 以下引用、同)

小説の語り手は空とぼけていますが、二十五日の白の椿が娼婦としての「営業可能日」、紅の椿が「営業不可能日」を意味していることは明らかです。いずれにしろ、マルグリットは、自分が、とてつもなく金がかかるとはいえ、金さえ払えばだれでも株主になることのできる株式会社であることを示すために、椿の花束をかかさずに桟敷の前に置いていたのです。いいかえれば、椿はルールの存在を示す花だったわけです。

ところが、あるとき、その椿の意味を知らず、ルールをわきまえない愚か者が出現します。アルマン・デュヴァルです。

「わたしがはじめて彼女を見かけたのは、株式取引所の広場の、シュッスという店の入り口でした。無蓋《むがい》の四輪馬車がその店先にとまると、中から白い衣装をつけた女がおりてきました。そして店にはいって行きますと、賛嘆のささやき声が彼女を迎えました。ところでわたしは、彼女が店にはいった瞬間から、出てくるまで、そこに釘づけにされていました。（中略）この幻——まさにそう言ってしかるべきものでしょう——の思い出は、かつて見たいろいろな幻と同じように、わたしの心から消えませんでした。でわたしは、この気高いばかりに美しい白衣の女性を求めて至るところを捜し歩きました」

努力の甲斐あって、アルマン・デュヴァルは白衣の女を発見します。オペラ・コミック座の正面桟敷に座っていたのです。アルマンは、そのとき、友人と一緒だったのですが、なんと、マルグリットはオペラ・グラスでその友人を見つけると、にっこり笑い、自分の席に来ないかという合図を送ってきました。アルマンは羨ましくてたまらず、「君は幸福だなあ！　あんな美人に会いに行けて」と言ってしまいます。すると、友人は「なんだ、きみはあの女に気があるのかい？　じゃあ、いっしょに来たまえ。紹介してあげよう」といとも気安く言うのです。そこでアルマンが「でも、会ってくれるかどうか先に聞いてきてくれたまえ」と頼むと、「なにを言ってるんだ。あんな女にそんな遠慮がいるものか、さあ来たまえ」と答えたのです。

アルマンはこの言葉に愕然とします。自分の抱いていた幻想が一瞬のうちに崩れ去ったのを感じたからです。しかし、それでも、一目会ってみたい気持ちはあったので、アルマンは友人とともにマルグリットの桟敷に押しかけます。ところが、アルマンは気の利かない言葉を連発し、マルグリットに哄笑《こうしょう》されて、すごすご自分の桟敷に戻ってきてしまいます。そして、心ひそかに、こうつぶやくのでした。

「たとえ持っているものを全部使いはたしても、あの女はものにしてやるぞ」

もし、この言葉が本当だとしたら、アルマンはちゃんとルールをわきまえていたことになります。しかし、本当のところはどうだったのでしょう。マルグリットが娼婦だと知ったあとも、そのように接するのではなく、一人の女として彼女を愛してしまったにちがいありません。そして、これこそが、とんでもない悲劇を引き起こすことになるのです。

処女か娼婦か——男の身勝手な二分法

ある雑誌で盛り場ルポをやっていた関係で、ときどきフーゾク嬢の話を聞くことがありましたが（あくまで〝聞く〟だけです。念のため）、彼女たちが異口同音に言うことは、自分のことが好きなら、あくまで「客として」繰り返し来てほしい、ということです。つまり、客の男が自分のことを好きになってくれるのはたいへんうれしいのだが、プライベートの時間に会うのを強要されるのは困るということです。「ヤルなら金を払えよ」ということではなくて、フーゾク（本講の最初に述べたアムール・ヴェナルです）で出会った恋はフーゾクの中で処理してほしいということです。ところが、なかには、そこのところが理解できない馬鹿者がいて、ストーカー的にフーゾク嬢の私生活にまで干渉してくるというのです。

この話は『椿姫』を理解するのにとても役立ちます。すなわち、アムール・ヴェナルは、あくまで金銭を介しているからこそ疑似恋愛として成立しうるのに、そのルールを無視して（あるいは知らずに）、無償の恋愛を求めてくる心得違いの男がいるのです。アルマン・デュヴァルはまさにそうした大馬鹿者の一人です。

この手の大馬鹿者の特徴は、好きになった娼婦のことを勝手に次のように思い込むことです。

「彼女は、身を持ちくずしているとはいっても、まだまだ処女らしさがにおっていました。(中略)要するに、彼女はふとしたはずみで処女から娼婦になってしまったのですから、またなにかのはずみがあれば、逆に、娼婦から、このうえもなく情のある清らかな処女になれるということはだれしも気がついていたことでした」

もし、マルグリットがこのアルマンの独語を聞いたら、「コラッ！　てめえの勝手で、処女扱いすんなよ！」と怒鳴ったに違いありません。しかし、女性たちに是非とも覚えておいていただきたいことですが、男というのは、だれしも心の底に、こうした身勝手な論理を秘めているものなのです。つまり、女が自分のことを好きになって身をまかせてくれるなら「処女」、その反対にほかの男とくっついたら「娼婦」。そして、この二分法には、中間というものがないのです。

アルマンがマルグリットのことを右のように判断したのも、彼女がパトロンの一人であるN伯爵のことをすげなく追い払い、かわりに自分と友人のガストンを食事に招いてくれたからです。それはマルグリットの気まぐれにすぎなかったのですが、アルマンはこれを「自尊心と独立心」のたまものと誤解し、ますます増長して、マルグリットが他の男といることをなじります。

これに対し、マルグリットは、堂々たる正論で諭します。

「ちょいと、あなたはいったいだれを相手にしていらっしゃるおつもりなの？　あたしは生娘《きむすめ》でもなければ、公爵夫人でもありませんのよ。あなたとはきょうはじめておちかづきになったばかりだし、あたしのすることを、あなたからかれこれ言われるわけなんかありませんわ。かりにもし、あたしがいつかあなたのものになる日があるとしても、これだけはよく承知していてくださいな。ね、あたしにはあなたのほかにまだ好きな男が幾人もあったんですからね。今からもうこんなにやいてるんじゃ、この先どうなるというんでしょう！」

その通り！　と言いたくなるような啖呵《たんか》です。半社交界のパスポートは「金」であり、そのパスポートを持たずに「愛」を要求するのはルール違反だとアルマンに言い聞かせているのです。

ところが、その先がいけません。アルマンが次のような落とし文句を言うと、マルグリットの態度はガラリと変わってしまったのです。

「というのは、ぼくがあなたを愛しているようにあなたを愛した男が、これまでにひとりもなかったからです」

「まあ、ほんとうのことをおっしゃってちょうだい、あなたはそんなにあたしを愛してくださるの？」

「精いっぱい愛しているつもりです」

「それで、それはいつからのこと？」

「三年前、あなたが馬車をおりて、シュッスの店におはいりになるのをお見かけした日からです」

「なんてお優しい方なんでしょう、そんなにまで思っていただいて、お礼にあたしどうすればいいのでしょう？」

「ちょっとでもいいですから、ぼくのことを思ってください」

ウソだ！　と叫びだしたくなるようなセリフではありませんか？　いくらなんでもこれは不自然すぎます。こんなことでマルグリットがコロリとまいってしまうのでしょうか？

ところが、さらによく考えてみると、これは十分ありうることなのです。ギンギンのプロであるはずの女性が、ルール違反男に、これまたルール違反の本物の恋で応えてしまうということが！　それはたいてい「ふとした気の緩み」という言葉で説明されています。どんな道であれ、プロを続けていくことは疲れるものです。そのため気力・体力が衰えているときには、「金」というパスポートをもたない男に恋を感じてしまうこともあるのです。

マルグリットの場合、この「ふとした気の緩み」は、宿痾《しゅくあ》の病である結核から生まれたにちがいありません。結核で喀血《かっけつ》したときに、たまたま家に押しかけて来ていたアルマンが優しく介抱してくれたことに感激してしまったのです。その結果、アルマンは翌日には「タダで」マルグリットとベッドをともにするという幸運にあずかります。しかし、それはあくまで気の緩みから与えられた「恩寵《おんちょう》」にすぎません。

ところが、アルマンには、そのことがわかりません。一度手に入れた権利はその後も主張しつづけていいものと考え違いをして、朝、ベッドにいるときから「今度はいつ会ってくれる?」と次をねだります。

これだからルール違反男はいやなのよ、とマルグリットは後悔したにちがいありません。相手が「客」なら、「金」を盾にして（つまり金額をつりあげて）拒むことはできます。しかし、ルール違反男をこちらもルール違反で迎え入れてしまうという過失を犯したあとでは、パスポートを見せろとは言えなくなってしまうのです。

案の定、アルマンはマルグリットが劇場の桟敷などでパトロンと一緒にいる姿を見かけると、激しく嫉妬します。さらに、今日は会えないという手紙をもらったりすると、すぐに「おれをだましているな!」と激怒するのです。

プロの女性にのみ「命取りの男」は存在する

そんなある日、ブージヴァルというセーヌ河畔の村に小旅行をした二人は、そこにあった三階建ての小邸宅がすっかり気に入ってしまいます。マルグリットはパトロンの公爵をだまして借りさせ、アルマンとの愛の巣にしようと思いました。計画は思惑通りに運び、二人はむせかえるような自然の中で幸せを満喫します。公爵がアルマンの存在に気づき、手当を送ってこなくなっても、二人は愛の生活に没頭します。

「ああ！　わたしたちは大急ぎで幸福になろうとしました。まるでいつまでも幸福でいることはできないのを見ぬいていたかのように」

アルマンの予感はやがて現実のものとなります。いくら質素な生活を続けていても、蓄えはたちまち底をつきます。それに、マルグリットには借金が三万フラン（約三千万円）ほどあったので、それを返さなければならなくなりました。アルマンはここで、男としての見栄を張ります。おれがそのお金を払ってやろうじゃないかと言い出したのです。

といっても、工面のあてはありませんから、亡くなった母親の遺産である六万フランの家作を処分することにします。ところが、それを公証人から聞きつけた父親がパリに上京してきました。父親は家名を汚すような女とは手を切るようアルマンに迫ります。

アルマンは父親の懇願をはねのけますが、戻ってきたアルマンから話を聞いたマルグリットは破局が近づいていることを悟ります。しかし、アルマンは父親を説得してみせると息巻き、翌日、父親の滞在しているホテルに出掛けていきます。ところがホテルには父親はいません。しかたなく、ブージヴァルに戻ってきたアルマンは、マルグリットの態度がどこかおかしいのに感づきます。しかし、例によってトンチンカンな男ですから、その原因をつきとめることができません。

その翌日、再び父親をたずねると、意外にも、父親は、自分は他人から聞いた噂をおおげさに考えすぎていたと思う。だから、あまりやかましいことは言わずに帰るというのです。そして、最後にこう言います。

「では、おまえはそれほどあの女が好きなのか?」

これに対して、アルマンは「気が狂うほどすきです」と答えます。まったくおめでたい男ですね。しかし、いくらおめでたい男でも、ブージヴァルに帰ってマルグリットがいなくなっているのを知れば、父親が仕組んだ芝居に気づきそうなものですが、アルマンはまだ真相を悟りません。そして、召使からマルグリットの手紙を渡されて愕然とします。

「アルマンさま。あなたがこのお手紙をお読みになる時分には、あたしはもうほかの男のものになっているでございましょう。ふたりの仲ももうこれっきりでございます」

手紙には父親のもとに帰るように、そして妹を幸せにしてやるようにということが書いてありました。当然、父親の工作のことが匂わせてあったのですが、アルマンはそれも理解できず、マルグリットは金のために自分のもとを去り、パトロンにすがったのだと思い込んでしまいます。そして、復讐のため、マルグリットの友達の高級娼婦オランプを愛人にして、そのイチャツキぶりをマルグリットに見せつけ、さんざんに傷つけます。

やがて、中近東に旅立ったアルマンはマルグリットからの手紙を受け取ります。手紙には、父親が妹の縁談を盾にマルグリットに無理やり別れを認めさせたことが書いてありました。手紙を読んだアルマンは大慌てでパリに戻りますが、ときすでに遅しで、マルグリットは結核で死に、その財産は競売にかけられていました。

さて、私たちは、この物語をどう総括したらいいのでしょう。アムール・ヴェナルのルールを無視したアルマンも大馬鹿ですが、しかし、それ以上に愚かだったのは、やはり、おのれの職業倫理に背《そむ》いて、男から「金」ではなく「愛」を受け取ってしまったマルグリットではないでしょうか。なぜなら、アムール・ヴェナルに生きる女にとって、「金」ではなく「愛」を受け入れた瞬間に、男はオム・ファアタル（命取りの男）となってしまうからなのです。

プロの女性にとってのみ、オム・ファアタルというものは存在する。この真理を忘れてはなりません。

第6講 ファム・ファタルの心理分析——『サランボー』

G. FLAUBERT : Salammbô, *La Société d'édition "Le Livre"*, Paris, 1923. より illustré par F.-L. Schmied

フロベールの創造したファム・ファタル

ファム・ファタルというのはいったい何を考えているのでしょうか？

これを知るのは思っているよりもはるかにむずかしいような気がします。なぜなら、仮にファム・ファタルの自伝のようなものがあるとしても、彼女自身がファム・ファタルとしての心理を自己分析するというようなことはまずありえないからです。結局のところ、そこに書かれているのは「私は本能の命ずるのに従って男たちを愛したにすぎない」という月並みな告白で、読者はファム・ファタルも結局ひとりのかわいい女だったのかという平凡な感想を持たされるにすぎません。

あるいはその逆に、自らファム・ファタルであると意識している女性がいたとしても、その自伝はいかに自分の魅力の前に男たちがひれ伏したかという自慢話の連続でしかなく、これまた、ファム・ファタルの思考回路をたどるにはふさわしい資料ではありません。

私たちが知りたいのは、ファム・ファタルが男を失墜へと追いやる心理のメカニズムなのですが、この点に意識の光を当てることのできるファム・ファタルは皆無に近いのです。

となると、問題の解決は、むしろ、ファム・ファタルに惹きよせられると同時に自らファム・ファタルに変身したいというアンドロギュノス的願望をいだいている小説家（これはホモセクシュアルを意味しません）の手にゆだねたほうが賢明なのかもしれません。

この点でフロベールほどうってつけの小説家はいません。というのも、フロベールこそはボードレールのいう「ナイフであると同時に傷口でもある」両性具有的人間であり、世紀末に花開くファム・ファタルの文学もマリオ・プラーツの指摘するとおり、フロベールの創造したサランボーというファム・ファタルによって準備されたものだからです。

視覚のフェロモン現象

『サランボー』は、紀元前三世紀にローマとカルタゴ（今のチュニジアにあった地中海国家）の間で戦われた第一次ポエニ戦争のあとのカルタゴを舞台にした古代小説です。

ポエニ戦争の褒賞に対する不満から反乱を起こした傭兵隊の隊長マットーは野獣のように単純な男でしたが、カルタゴ軍司令官ハミルカル・バルカス（有名なハンニバルの父親）が傭兵を懐柔するために館で開いた大宴会の夜、露台の上に月光を浴びて現れたハミルカルの娘サランボーの輝くように美しい姿を一目見て以来、自分でも理解できない不思議な感情にとらわれるようになりました。

「あの女は眼に見えぬ鎖でわしをつなぎとめている。(中略) あれの眼はわしの胸をこがし、あれの声さえわしの耳にきこえる。あの女はわしの全身をつつみ、骨の髄までしみこんでいる。まるでわしの魂になったようだ! (中略) あの女ははるか遠いところにいて、とうてい近づくことができぬ! あれのかがやくばかりの美しさは、あれのまわりに光の雲のようなものをつくっている。そして、ときによると、一度もあれを見たことがなく、あれがこの世にいないもののような……何もかも夢のなかのことだったような気がするのだ!」(田辺貞之助訳・筑摩書房 以下引用、同)

ここに述べられているマットーの独白は、男という人間のオスにとっての恋愛感情の本質をよくとらえています。それは、まるでウィルス性の病気のように、いきなり外側から襲ってきて、ガツンとばかりにオスを抑え込んでしまう力です。

かつて人間は理性をもたない動物であった時代、メスの発散するフェロモンを「鼻」でかいでしまったら最後、オスは自分の意志に関係なく、メスを追いかけまわさざるをえませんでした。それは外側からやってくる本能の命令でした。

これに対して、人間が二本足で歩行するようになってからは、本能の力はだいぶ弱まりました。視覚は嗅覚ほど強力な作用を及ぼさないからです。オスはメスを「眼」で見ても、いきなり飛びかかるなどということはなく、欲望をコントロールできるようになりました。

ところが、ときとして、オスは理性を得たのちも、まるでフェロモン時代のように、「眼」を通じて、否応《いやおう》無しの「ガツン命令」を受けることがあるのです。それがファム・ファタルによって引き起こされる「恋」というものです。

マットーは「眼」でサランボーの姿を見てからというもの、その姿から発散される磁力の虜になってしまいました。つまり、フェロモンが「鼻」を介してオスの本能を刺激したのと同じように、サランボーの容姿は「眼」を通じて、マットーの心を支配下におくようになったのです。この意味で、ファム・ファタルが引き起こす恋愛感情というものは、オスが「眼」でメスを認識するようになってもなお残る視覚的フェロモン現象、一種の先祖返り的現象だということができます。

おそらく、マットーはほとんど動物に近い単純な男なので、こうした先祖返り現象が起こりやすいのでしょう。マッチョ系の男というのは、野蛮であればあるほど、こうした電撃的な恋に陥りやすいものなのです。

ところで、この予期せぬ感情はマットーをおおいに混乱させます。それは快楽であると同時に苦痛です。サランボーを抱きたいという欲望ばかりか、殴りつけたいという憎しみも感じます。思うがままに凌辱《りょうじょく》してやりたいと思う一方では、奴隷となってさんざんにいたぶられたいという両極端のSM感情に引き裂かれます。

「だが、わしはあの女を自分のものにしたい！　どうしてもそうせずにはおられぬ！　死ぬほど恋しいのだ！　あの女をこの腕で抱きしめるときのことを思うと、気も狂わんばかりの喜びに夢中になってしまう。だが、わしはあれがにくい。スペンディウス！　あれをなぐりつけてやりたい！　どうしてくれよう。いっそのこと、わが身を売って、あれの奴隷になってしまおうか」

この部分を読まれた慧眼《けいがん》なる読者は、フロベールが象徴しようとしているものがなんのかある程度察しがつくでしょう。フロベールがマットーに抱かせた複雑な感情、それは、原始人が近代人に、少年が大人に変身するため受けなければならない通過儀礼としての恋愛です。この恋愛感情を経た後では、原始人と少年はもう「快楽の楽園」に戻ることはできず、近代人、大人として「苦痛の煉獄《れんごく》」を通っていかなければならないのです。

処女ファム・ファタルと野獣の物語

では、原始人マットーに近代人の苦痛を与えたサランボーは、いったい何を考え、何を感じていたのでしょうか？

なーんにも感じていなかったし、考えてもいなかったというのが本当のところです。

宴会の夜、サランボーはマットーと顔を合わせたばかりか、「黄金の盃へ、酒を、長い噴水のようにほとばしらせながら、ついでやった」ことがあるのです。マットーはこれでいっぺんにガツンと恋をしてしまったのです。

ところが、サランボーはというと、マットーのことなど何ひとつ記憶にとどめてはいなかったのです。もしかすると、無意識の中では覚えていたのかもしれませんが、少なくとも意識のレベルではその存在を認識していません。この点こそがサランボー型のファム・ファタル、つまり処女ファム・ファタルのファム・ファタルであるゆえんなのです。

サランボーは、父親のハミルカルによって宮殿の一室に隔離されて成長しました。ハミルカルは自分の政策に役立つ結婚のために、娘をとっておいたにすぎません。彼女は「禁欲と断食と潔斎とのうちに成長」します。しかし、こうして禁欲のうちに隔離された多くの処女がそうであるように、サランボーもいまだ実体を知らぬ漠然とした想念に苦しめられます。そして、苦しめば苦しむほど、カルタゴの守護神タニットをひたすら信じ、すべての幸せの根源はタニット神を覆う聖布ザインフのうちに存すると思いこみます。サランボーはおのれのうちなる肉欲を恐れるあまり、タニット神への信仰を未知の欲望（あけすけに言ってしまえば性欲のことです）と取り違えようとしているのです。

いっぽう、恋により野蛮人から悩める近代人に変身したマットーは、狡智《こうち》の塊のような奴隷のスペンディウスにそそのかされ、大水道を通ってカルタゴの宮殿へと侵入をはかります。スペンディウスは傭兵軍がカルタゴを破るには、タニット神殿の聖布ザインフを盗むほかないと考えてマットーをけしかけたのです。

宮殿からザインフを奪うのに成功したマットーは、スペンディウスの忠告に逆らって、サランボーの眠っている寝室へと忍び込みます。眼をさましたサランボーは目の前に男が立っていることよりも、男が突き付けているザインフに眼を奪われます。マットーはサランボーに与えようと思ってザインフを奪ってきたと言い、苦しい胸のうちを告白します。しかし、純粋な処女であるサランボーは恋の告白などというものを知りませんから、ひたすらザインフを見つめるばかりで、少しもマットーの話を聞いてはいません。

「彼女は白い長衣の裾をひき、つぶらな眼でタニットの聖衣をみつめながら、そのまま前へすすんだ。じっとサランボーに眼をすえていたマットーは、その顔のかがやかしさに眼がくらむ思いであった。彼は聖衣を差しだしながら、それを彼女にかぶせて、かたくだきしめようと思っていた。彼女は両腕をひろげた。が、突然、身動きをやめ、二人は茫然と顔を見あわせた。

彼女は相手が何をねがっているのかわからぬながら、急に恐怖にとらわれた。細い眉がつりあがり、唇がなかばひらき、手足がわなわなとふるえた。最後に、彼女は赤い蒲団のすみずみにぶらさがっている青銅の擬宝珠《ぎぼし》をたたいて叫んだ」

この部分に注目してください。漠然とセックスに憧れながら反面では強くそれを恐れているサランボーは、性的知識なしで育った処女が取るのと同じパターンを踏みます。つまり、ギリギリのところになって突然、言い知れぬ恐怖に襲われ、男を突き飛ばしてしまうのです。

なぜ、こうした反応が起きるのかといえば、それは、おそらく、この瞬間になって初めて自分の肉体が男の欲望を刺激しているという事実を悟るからです。むずかしい言葉でいえば、おのれの実在性の認識が根源的恐れを呼び起こすのです。

しかも、処女ファム・ファタルの厄介なところは、この恐怖を言葉に翻訳できないところにあります。そのため、なにもわからず、なにも考えずに大声で叫んでしまうのです。まったく、処女ファム・ファタルとは困ったちゃんです。ところが、その困ったちゃんが余計、欲望を刺激するのですから、野獣系の男というものも、本当に困ったものというほかありません。『サランボー』は、処女ファム・ファタルと恋愛に目覚めた野獣という二人の困ったちゃんの物語なのです。

直情vs.直情、径行vs.径行

処女ファム・ファタルの特徴は、その直情径行性にあります。これがこうだから、こうなるという論理の進め方において、「だが、しかし」とか「やはり、これは」という留保がないため、命題と命題がバイパスで直結され、いきなり結論が出てしまうのです。つまり、周囲の状況とか相手の男の気持ちなどという項目はいっさい考慮に入れられず、すべては自分のひそかな欲望から導き出される数学的な公式にしたがって直線的に演繹《えんえき》されます。

ですから、『ロリータ』などの処女ファム・ファタルものに大別されるジャンルでは、かならずといっていいぐらいに、入れ込んだ男がヒロインの気まぐれな行動にさんざんに振り回されるというエピソードが語られます。男はたいてい理性的なタイプに設定されていますので、よけいにその当惑ぶりがおもしろさを引きだすのです。

ところが、『サランボー』では、処女ファム・ファタルのサランボーに一目惚れするマットーも同じくらいに直情径行型のバイパス男なのです。恋に目覚めたことによって近代人に変貌をとげたとはいえ、いざ行動となると原始人の心性が蘇ってきてしまうようです。

たとえば、タニットの聖衣を奪い、それをサランボーに与えようとして拒絶されたマットーは、追っ手が迫ったために宮殿を脱出し、自分たちの陣営に戻ってきますが、なぜか、そこでふたたび戦いの身なりを整えはじめます。

「『どこへいきなさる』と、スペンディウスがたずねた。

『カルタゴへ引きかえすのだ！　放っといてくれ！　あれをつれてくる！　もしも奴らが邪魔をしたら、蝮蛇《まむし》のように踏みつぶしてくれる！』」

原始人マットーがその単細胞の脳髄で思考すると、「サランボーが欲しい。サランボーはカルタゴにいる、ゆえに、カルタゴを奪わなくてはならない」という、恐るべき短絡的な結論が出てきます。そして、これが『サランボー』という小説の一つの駆動力となります。つまり、サランボーが欲しいためにカルタゴを攻めたいと願うマットーが全傭兵軍の総大将となって、実際にカルタゴの包囲戦を展開することになり、そこにカルタゴ軍vs.傭兵軍の壮絶なドラマが生み出されるのです。

このように、『サランボー』は、これを戦争劇として見るとなかなか複雑な構成をもっていますが、「処女ファム・ファタルvs.恋する原始人」という図式に落としてしまうと、見事なまでにシンプルなシェーマとなってきます。すなわち、直情対直情、径行対径行の勝負となるのです。しかし、この直情径行のデスマッチは、その単純さゆえに、わたしたち一般人の恋の道筋というものを指し示しているとも見なすこともできます。

たとえば、「サランボーが欲しい。サランボーはカルタゴにいる。ゆえに、カルタゴを奪わなくてはならない」という短絡的な「愛の回路」は、次にサランボーが奪えぬとなると、「サランボーが手にはいらない。サランボーが憎い。ゆえにサランボーを守っているカルタゴが憎い。そして、カルタゴの首領である父親のハミルカルも憎い」という「憎しみの回路」に接続されますが、これは、わたしたちの愛憎のメカニズムときわめて酷似しています。過剰なる愛は容易に憎しみに転化するのです。新聞やテレビを賑わす愛憎殺人というのも、案外、こうした図式に則《のっと》っているのかもしれません。

いっぽう、サランボーはというと、お付きの宦官《かんがん》のシャハバリムから、カルタゴが傭兵軍に包囲されているのはマットーによって聖衣を奪われたことが原因であり、その責任の一端は彼女にあるのだから、マットーのところに出掛けて聖衣を取り戻してこなければならないと教唆《きようさ》されると、すっかりその気になってしまいます。

しかし、もちろん、サランボーは何一つセックスについて知らない処女ですから、乙女が一人で傭兵隊長のテントを訪れたらどういうことが起きるのか想像もつきません。そこで、シャハバリムにたずねますが、シャハバリムは曖昧にこう答えます。

「もしあなたが死なねばならぬとしても、それはあとのことです。もっとあとの！　何も心配はいりません！　彼がどんなことをしようと、声をたててはなりませんぞ！　決してこわがるでない！　つつましくしておるのじゃ。わかりましたのう。そして、彼の望みにしたがいなさい。天の命令なのじゃから」

驚いたことに、ここまで言われても、サランボーには何の察しもつきません。ここが処女ファム・ファタルの処女ファム・ファタルらしいところです。つまり、処女ファム・ファタルというのは「鈍い」のです。そして、その「鈍さ」というのが処女ファム・ファタルの最大の特徴であり、彼女が実質的に処女でなくなってもそれは変わりません。いいかえれば、処女ファム・ファタルとは、処女・非処女という「事実」とは関係のない、「鈍さ」をコードとするファム・ファタルのタイプを示しています。

ですから、処女ファム・ファタルは、例外なく、普通の女性からは嫌われます。「なによ、あの女、カマトトぶって」ということになります。しかし、実際には、カマトトぶっているわけではなく、本当に何も悟らず何も察せず、ただただ、「鈍い」だけなのです。この「鈍さ」こそが直情径行の原因ともなっているのです。

それ自体は喜劇的な「鈍さ」が悲劇をもたらす

ところが、なんとも不思議なことに、女性の憎悪の的になるこうした「鈍さ」が逆に、男たちには大きな魅力になるのです。「鈍さ」から導き出されるトロさが、一つの神秘に映るからなのかもしれません。

しかし、処女ファム・ファタルには、そうしたメカニズムがわかっていないことはもちろん、おのれの「鈍さ」にも気づかず、いたって的外れの結論を出してしまいます。

げんに、サランボーは、自分が「売られた」ことにも気がつかず、シャハバリムにこう感謝しながら、マットーのテントに向かっていきます。

「彼女はついに解放されたように感じた。そして、もはやタニットの聖衣を見る幸福しか思わず、そのようなことをすすめてくれたシャハバリムに感謝したい気持にすらなった」

ここまで来れば、「鈍さ」も一つの力となります。サランボーは何も恐れず敵陣に入っていき、マットーのテントに直行します。そして、マットーには何のことかもわからぬチンプンカンプンな論理で、マットーのこれまでの行動をなじります。しかし、マットーはそんな言葉よりも、サランボーのこの世のものとは思えぬほどの美しさに酔いしれ、力強い腕でサランボーをかきいだきます。

「ランプの焔《ほのお》が、吹きこんでくるあつい風にあおられて、ゆらゆらとうごいた。ときどき、大きな稲妻がきらめいて、それから闇がいっそう濃くなった。彼女は、暗黒のなかに、炭火のようにもえる、マットーの瞳だけしか、もはや見ていなかった」

フロベールの面目躍如たる間接描写ですが、まだ、決定的な瞬間には至っていません。

しかし、さすがのサランボーも、なんだかわからぬながら、最後の時が来つつあることを悟ります。ところが、ここが処女ファム・ファタルの処女ファム・ファタルたるゆえんですが、サランボーはこの瞬間に至って、突如、予想外の行動に出ます。

なんと、サランボーはいきなりタニットの聖衣のほうに手を伸ばし、それをつかもうとしたのです。サランボーはシャハバリムに言われたことの意味が全然わかっておらず、あのこととは聖衣に触れることだと勘違いしていたのです。

マットーはあっけにとられて「何をするのだ！」と叫びますが、サランボーは落ち着きはらった声で答えます。「カルタゴへ帰るのです」。

吉本新喜劇だったら、舞台の全員がヘニョヘニョヘニョと崩れ落ちるような場面ですが、フロベールはさすがにそこまではやらず、代わりにマットーの激怒をもってきます。マットーは怒りくるい「貴様はわしのものだ！　今となっては、誰がきたって貴様をわたすものか！」と叫びます。しかし、そう怒鳴ったかと思うと、次の瞬間にはサランボーの足元にひざまずいて許しを乞い「わしを踏みつぶしてくれ！」と言ったり、「そなたが恋しい！」と苦しい胸のうちを告白したりします。マットーというのも、猛獣のような原始人と悩める近代人の間を揺れ動く振幅の激しい男なのです。

で、結局どうなったかというと、サランボーはマットーの言葉を聞いているうちに身もこころもとろけるような忘我の境地にさそわれて気を失ってライオンの皮に倒れます。

「マットーは彼女の踵《きびす》をつかんだ。足首をつないでいた、細い金の鎖がぶつりときれた。二つのはしがとんで、蝮蛇でもはねたように、寝台の布にあたった。タニットの聖衣が落ちて、彼女をつつんだ。彼女はマットーの顔が自分の胸のうえへおおいかぶさってくるのを見た」

古典的な処女喪失の間接描写ですが、かえってエロティックな感じがしないでしょうか？

それは、さておき、サランボーはこれをどう捉えたのでしょうか？

「『カルタゴの軍勢が来た知らせを聞き』彼はとびだしていった。サランボーはひとりあとにのこされた。

そこで、彼女はつくづくとタニットの聖衣をながめた。しかし、いくらながめていても、かねて想像していたあの幸福を感じないのにおどろいた。そして、実現した夢想のまえに、物悲しい気持でたちすくんだ」

フロベールはもちろん、ここで乙女にとっての処女喪失と、実現してしまったセクシュアルな夢想の空しさを暗示しています。しかし、サランボーのこころの中に入り込んでみると、サランボーが考えているのは処女喪失やセックスのことではないことがわかります。彼女は、文字通り、幸せはタニットの聖衣に触れることにあったはずなのに、それがやってこないと落胆しているのです。

このように、処女ファム・ファタルというのは、現実にセックスを済ませ、処女を喪失したにもかかわらず、自分の夢想と現実の落差がなかなか理解できない存在なのです。

その結果、処女ファム・ファタルにほれ込んだ男はたいていが、この「鈍さ」に振り回されて悲惨な運命に見舞われます。マットーも例外ではなく、傭兵軍がカルタゴ軍に敗れて、ただ一人捕えられ、城内で嬲《なぶ》り殺しの刑に処せられます。そして、最後の最後になって、ようやく、サランボーはマットーが全身をもって表現した「愛」の実体を理解しますが、そのときにはマットーは死んでいるのです。

「いま断末魔の苦悶にあえいでいるこの男を見て、彼女は彼がテントのなかにひざまずき、自分の胴に両腕をまわして、やさしい言葉をつぶやいた姿を思いだした。彼女はその腕をもう一度身体に感じたかった。その言葉をもう一度ききたかった。彼を死なせたくなかった！　そのとき、マットーは大きく身ぶるいをした。彼女はあやうく声をあげようとした。が、その刹那《せつな》、彼はあおむけにたおれて、ふたたびうごかなかった」

処女ファム・ファタルの定めとなっている「鈍さ」が、こうした悲劇的タイム・ラグを生み、男はかならずや非業の最期をとげる、これが、『サランボー』がわたしたちに授ける教訓のようです。

「鈍さ」というのは、それ自体では喜劇的であっても、他者には確実に悲劇をもたらすものなのです。

第7講 悪食のファム・ファタル——『彼方』

J.-K. HUYSMANS : Œuvres complètes XII 《Là-bas》, *Les Éditions G. Crès et Cie*, Paris, 1930 表紙

「才能食いのファム・ファタル」という変種

男というのは、まことに単純な生き物で、同性との競争における優位が、そのまま、異性に対する魅力のバロメーターだと思い込む傾向があります。

これを象徴的に示すのが、K－1とかPRIDEあるいはボクシングなどの格闘技のリングの上にラウンドを知らせるために現れる半裸の美女たちです。F1サーキットのレース・クイーンなどもこれに類するでしょう。ようするに、あの「美女」たちは、格闘技やF1といった男の戦いの場において、「賭けられているもの」を象徴しています。すなわち、戦いに勝ったなら、名声と金、それに天下の美女を手にいれることができるという幻想を、競技者ばかりか観客までが共有していることの良い証拠です。高校のときに習った英語のことわざに「美女に値するのは勇者のみ」(None but the brave deserves the fair.) というのがありましたが、格闘技やレース会場を支配しているのは、この集団の無意識です。

ところが、現実は、まったくこの反対です。醜男《ぶおとこ》の勝者よりも、美男の敗者のほうが、普通の女性にははるかにモテるにきまっているのです。たとえば、かりに運慶・快慶の仁王像のごときボブ・サップが、ミルコ・クロコップのような美男系ファイターを一撃のもとにブチのめしても、女性たちが熱狂してボブ・サップの太い首にしがみつくということはありえません。むしろ、反対に意識不明のミルコの顔をなでてやりたいと思う女性のほうがはるかに多いはずです。

同じことが知的格闘技である文学や芸術・思想などの分野についてもいえます。一流の作品を作り出した醜男と、二流の作品しか生み出せない美男とのどちらがモテるかといえば、後者に軍配を上げざるをえません。

このように、男は自分の力、才能、権力、金力、さらには性力といった、所有物によって美女を引き付けることができると思うのですが、これはまったくの錯覚で、女は所有物ではなく、あるがままの男のほうを愛するものなのです。

しかし、以上はあくまで一般論であって、当然、例外はあります。ボブ・サップが仁王のように雄叫《おたけ》びを発するのに痺《しび》れる女性もいるでしょうし、松本清張を、その才能ゆえに愛した女性もいないわけではありません。つまり、普通の女が愛することのない「才能」という珍味にのみ食指を動かす「悪食《あくじき》」の女性というのも、確実に存在しているのです。

そして、そうした女性の中からは、ときとして「才能食いのファム・ファタル」というファム・ファタルの変種が生まれてくるのです。

こうした悪食のファム・ファタルは、普通の女たちが熱をあげるような眉目秀麗《びもくしゅうれい》な青年に食欲をそそられることはありません。悪食のファム・ファタルがむさぼり食べたいと思うもの、それは語のあらゆる意味での男の「才能」です。たんに芸術的・文学的才能ばかりでなく、政治的才能、経済的才能など、とにかくどの分野であれ、この手のファム・ファタルは「あいつはデキる」といわれる男を食べたがるものなのです。

『さかしま』という小説で知られるユイスマンスの悪魔主義小説『彼方』に登場するシャントルーヴ夫人はある意味でこうした「才能食い」のファム・ファタルの典型です。

謎の女からの手紙

『彼方』の主人公デュルタルは、「青髯《あおひげ》」と呼ばれた中世のホモ淫乱殺人鬼ジル・ド・レー元帥の一代記を書くために、黒ミサの研究に没頭している独身の小説家です。デュルタルは、オカルト研究家の多くがそうであるように、完全なオタクですから、社交界にも出入りせず、女性にモテたなどという経験はほとんどありません。風采《ふうさい》にかんする描写は省略されていますが、おそらく、ユイスマンス自身をモデルにしているのでしょうから、禿げ頭の陰気な顔の中年男にちがいありません。ようするに、女性に気に入られそうな要素はかぎりなくゼロにちかい男です。

小説の前半は、デュルタルが研究しているジル・ド・レー元帥の悪魔崇拝と、現代にも引き継がれているとおぼしき黒ミサについてのマニア的な蘊蓄《うんちく》が語られています。この部分は、オカルト好きな人間を除いてはかなり退屈です。

ところが、ある朝、デュルタルのアパルトマンに、モーベール夫人と名乗る未知の女性から熱烈なファン・レターが送られてくるところから、小説の様相が一変します。

「拝啓。私はいかがわしい僥倖《ぎょうこう》を願うものでも、他の女が飲み物や香水に酔うように、おしゃべりに酔いしれる才女の類でもございませんし、道ならぬ情事をあさる女でもございません。また小説家がはたして作品に見るような肉体をもっていらっしゃるかどうかをたしかめようとする、卑俗な好奇心もゆめゆめいだいておりませぬ」(田辺貞之助訳・桃源社 以下引用、同)

手紙には、デュルタルの最近の作品(といっても一年前に出版されたもの)を読んで、多大な感銘を受けたことが綴られ、最後はこう結ばれていました。

「さて、まことに厚かましく勝手がましいお願いで、われながら狂気の沙汰、ご無礼の極みと存じますけれども、日々を退屈の虫にさいなまれている妹をひとりお救いくださると思召《おぼしめ》して、一夕《いっせき》ご都合のよろしい場所で、お会いくださるわけにはまいりませんでしょうか」

女に関しては、悲惨な体験しかないデュルタルですが、手紙の綴り字の正確さや書体の端正さから判断して、もしかすると、これは、おれの才能に本当にほれ込んだ美しくて気立てのいい女かもしれないなどと助平心を出してしまいます。封筒に漂うかすかなヘリオトロープの匂いにも刺激されますが、一方では警戒心も働いていますので、いたって漠然とした内容の返事を出します。

すると、女からは、ますます熱に浮かされたような情熱的な手紙が次々に届いて、面会をせがんできます。ただ自分の身分や氏名・住所などは決して明かそうとはしません。デュルタルは、手紙を読んで想像力を働かせているうちに、激しく性欲を刺激されてきます。

「彼はその女を金髪で肉づきのかたく、猫のように身体をくねらせてしなだれかかる熱烈な女で、しかも、また、一面には沈鬱なところもある、自分の好みの型に想像した。そして、その姿を心に描くと、知らず識らず神経がたかぶってきて、歯までが音をたてて鳴るのであった」

モテたことのないオタクというのは、だいたいがこの調子で、女から手紙を受け取ったりしたら最後、勝手に舞い上がってしまうものなのです。今日でも、インターネットの出会い系サイトで、日々、同じようなことがくり返されているにちがいありません。そして、未知の女性からメールを受け取ったオタクたちは、デュルタルと一緒にこうつぶやいているはずです。

「いっそのこと会ってみて、もしも美しかったら、いっしょに寝てしまおう。そうすれば、少なくとも心の平和は得られよう。一度思いきって真剣な手紙をやってみようか。密会の場所をきめてやったらどんなものだろう」

突然の訪問、深まる謎

そんなある日、デュルタルはデ・ゼルミーという親友の家を訪ねたとき、共通の知り合いである聖書学者シャントルーヴの妻が、デュルタルの作品に夢中になり、デュルタルのことをしきりに聞きたがっていたと教えられます。

たしかにそういわれてみれば、モーベール夫人と名乗る謎の女性が明かした情報はすべての点でシャントルーヴ夫人に当てはまります。

デュルタルは、謎のモーベール夫人が思い描いていた絶世の美女ではなかったことに少し落胆しますが、シャントルーヴ夫人の容姿を思い浮かべてみて、その冷静な外見と手紙の内容との落差にあらためて好奇心を刺激され、今度は熱烈な返事を出します。デュルタルはこんな風に考えたのです。

「要するに、これはほんとの二重人格にちがいない。そとにあらわれた一面は、まったく社交界の女、つつましく控え目なサロンの主であり、他の隠れた半面は、狂的な情熱と激しい空想と肉体的ヒステリーと精神的色情狂とをそなえた女なのだ。まったく信じられないことだ！」

ここには、デュルタルのようなオタク男が女のどこにエロティシズムを感じるかの説明があります。オタク的な男というのは、はじめからウッフン調で迫ってくる色気たっぷりの女には萎《な》えてしまうのです。むしろ、性欲があるとはにわかに信じられないような清楚でクールな外観、それでいながら、一皮むけば、マグマのように熱くたぎる情欲を秘めた色情狂、そうした二重性にこそオタクはこころ惹かれるものなのです。

それはそうと、モーベール夫人とはシャントルーヴ夫人ではないかというデュルタルの直感は当たっていました。なぜなら、ある日、シャントルーヴ夫人が直接彼の家を訪れてきて、モーベール夫人は自分だったと告白したからです。

「あの狂気じみたお手紙を差しあげたのはあたしです。でも、こんな間違った情熱を追いはらって、綺麗さっぱりけりをつけようと思っておうかがいしましたの。あなたのお手紙にもありましたとおり、あたしどものあいだには、どんな関係も成りたてようはずがないのですから。……過ぎさったことは忘れてしまいましょう。どうぞあたしの帰るまえに、一言、怒ってはいないとおっしゃってくださいませ」

デュルタルはこの何とも身勝手きわまるシャントルーヴ夫人の言葉に、手紙のときと同じように翻弄されますが、それでも、シャントルーヴ夫人だとわかったからこそ会いたいという返事を書いたのだと言って、肉体関係を迫ります。ところが、シャントルーヴ夫人は次のような理屈を盾に、デュルタルの腕から擦り抜けてしまいます。

「お愛ししていなかったら、どうしておうかがいなどいたしましょう。けれども、あたしたちの夢に描くことは、みんな現実では打ちこわされてしまうのですもの、（中略）いえ、お放しなさってください。そんなに強くお抱きにならないで」

では、そのまま飛び出してしまうのかというと、そうではなくて、なんにもしないと約束してくれるなら、明後日の晩の九時にまた来ると言って夫人は帰っていったのです。

デュルタルは、この訪問をどう考えたらいいのか思い悩みます。女はおれをからかっているのか、それとも本当におれを愛していたのか？　いやいや、女のほうが一枚上手で、さんざんにじらしておいて、それから自分の望むものをささげさせようとしているのではなかろうか？　疑念はいつまでたっても晴れません。

ところが、翌日、デ・ゼルミーの家に出掛けたデュルタルは意外なことを耳にします。シャントルーヴ夫妻は黒ミサを主催するドークルなる人物と昵懇《じっこん》であるというのです。すると、シャントルーヴ夫人は世に言う「男性夢魔」にとりつかれていることになるのでしょうか？　謎は深まり、デュルタルはシャントルーヴ夫人の張った罠に落ちていくことになるのです。

現実のあなたは幻のあなたより劣っている

デキる男というのは、自分の才能に女がほれ込むと錯覚しているといいました。しかし、現実に、自分の才能にほれ込んだ女、つまり、才能食いのファム・ファタルというものが目の前に現れると、男はここでまた不思議な勘違いをするものなのです。

なんのことかといえば、女が才能にほれ込んでやってきたことを承知しているのに、ありのままの自分、つまり、普通の女にはまったくモテない、みっともない自分のことを女が好きになってくれたものと錯覚してしまうのです。『彼方』のデュルタルもまさにこうした錯覚の虜になった男です。

最初の訪問の翌々日、ふたたび約束の時間に訪れてきたシャントルーヴ夫人は、デュルタルがソファの上でにじりよってくると、突然、理由にならない理由を言い立てて愛撫を拒否しようとします。以下の会話は、才能食いのファム・ファタルと、才能以外に取り柄のない男との、奇妙なすれちがいを象徴的にあらわしています。

「実は、あたしとしましては、あたしたちのご交際の、……このなんと申しましょう、突きつめた、この上もない……幸福をそこないたくはございませんの。なんだかお話がこみいっていて、うまく申しあげられませんが、しいて申せば、あたしはいつでも好きなときに、好きなようにしてあなたを自分のものにしておりましたの。ちょうど、あたしの好んでいるバイロンやボードレールやジェラール・ド・ネルヴァルを長いあいだわがものにしておりましたように」

「と申しますと？」

「あたしは眠るまえに、そういう作家の方々や、また今ではあなたを、ただ望みさえすればよろしいので」

「それで？」

「ですから、あなたはあたしが胸に抱いておりますす幻よりは、劣っていらっしゃるように思われますの。あの毎晩々々あたしを夢中になるほど愛してくださる、いとしい、いとしいデュルタルさまよりも！」

もし、本当にこんなことを女から言われたら、たいていの男は「ガーン！」となって立ち直れないでしょう。いくら、自分の魅力は才能にあるのだと自覚していても、あなたは才能以外にはなんの魅力もない男だと面と向かって指摘されたら、そのあまりに剝《む》き出しの真実に男は耐えることができないはずです。

ここのところの男女の二重の錯覚の構造というのは、だいたい次のようなものにちがいありません。

すなわち、身体的魅力に欠ける男は、その欠落をおのれの才能によって補うことで「1」となり、女に面と向かおうとします。才能が花開いて、世間の注目が集まれば、なんだか自分の身体にまで自信が湧いてきます。その結果、自分のことを才能によって筋肉増強されたサイボーグと見なし、「才能+自分の身体=1」という等式ですべてを理解しようとするのです。

これに対して、才能食いのファム・ファタルがほれ込むのは、あくまで、男の才能であって、男の身体的魅力ではありません。いいかえれば、こうしたタイプの女性というのは、男の才能によって与えられた幻影だけで勝手に男を「1」としてつくってしまっていますから、そこには、男の身体という要素はまったく入り込む余地はないのです。公式化すれば、「才能+ゼロ（男の身体的魅力）=1」となります。つまり、こうした才能食いのファム・ファタルというのは、才能のある男に魅力のない身体がくっついている事実をまったく認識しておらず、才能そのものを白馬の王子と取り違えているのです。

ですから、こうした男女が出会うと、こんなはずではなかったのにということになります。男は、女があるがままの自分にほれ込んで身を任せてくれるものと期待していたのに、女が落胆しているのを見てガックリきます。女は女で、みっともない身体の男が目の前に現れたことでショックを受けます。体などなしで、透明人間として現れてほしかったというのが偽らざる心境でしょう。

そこで、シャントルーヴ夫人はこんな振る舞いに出ます。

「彼はあきれて、相手の顔を眺めた。彼女は例のとおり物悲しげな、くもった眼をしていた。もはや彼のことなどは眼中になくて、ただ相手なしにひとりでしゃべっているような様子であった。(中略)

彼女は電気にかかったように身慄《みぶる》いをして、立ちあがった。彼は彼女を抱きしめて、気が狂ったように接吻した。すると、彼女は、非常にやわらかい呻《うめ》き声を出し、鳩のように喉を鳴らしながら、首を仰向け、彼の片足を自分の両足のなかへたくしこんだ。

が、急に彼は怒りの叫びをあげた。——彼女の腰が動いているのを感じたからだ。——そして彼は理解した。ようやく理解できたように思った。この女は貪婪《どんらん》な快楽を、ひとりで犯すある罪を、無言の歓喜を望んでいるのだ」

女に縁がなくて、なにごとにも鈍いデュルタルでも、ここに至ってようやく、シャントルーヴ夫人が自分を訪ねてきたのはデュルタルの体を「使い」ながら、しかもデュルタルの体を「見ず」にオナニズムにふけりたかったからだと理解します。そして、怒りのあまり、シャントルーヴ夫人の体を突き放し、あらためて体を奪おうとするのですが、激しく拒まれてやめてしまいます。すると、シャントルーヴ夫人はふたたび妙に熱に浮かされたようになって「明日の晩、宅へおいでくださいますわね」という謎の言葉を残してたち去ります。

ペニスは何の代理品か

一人残されたデュルタルは、いろいろと考えたあげく、小耳に挟んだ黒魔術の噂から、夫人はきっと、悪魔学にいう「男性夢魔」にとりつかれているのだろうと結論づけます。「男性夢魔」というのは、フュスリの絵画で有名な、夜な夜な女性の夢に現れては女性を淫《みだ》らに悶えさせる悪魔のことです。そして、もしかすると、夫人自身が淫夢女精（男性の夢に現れて精を吸い尽くす悪魔）ではないかとも疑います。

これは、ジル・ド・レーの研究家であるデュルタルならではの推論ですが、『彼方』という物語を離れて、この二人のすれちがいを観察すると、そこには、才能しか取り柄のない男と才能しか愛することのできない女の間の、いや、より敷衍《ふえん》すれば、普通の男と女の間の一般的な公式さえ読み取ることができます。

なんのことかといいますと、セックスにおける女性の反応というのは、基本的に、このシャントルーヴ夫人とまったく変わりはないのです。つまり、女性というのは、男の体を「使い」ながら、しかも男の体を「見ず」にオナニズムにふけって、快楽へと上りつめようとするものなのです。男のペニスというのは常に「何」かの代理品なのです。その証拠に、セックスのとき、快楽が高まってくると、女性は例外なく、固く眼をつぶり、男の体を見ないようにして、感覚をあの一点に集中しようとするではありませんか。

では、男のペニスは、いったい「何」の代理品なのでしょうか？　デュルタルのいうように「男性夢魔」なのでしょうか？　その可能性もあります。しかし、「男性夢魔」の黒魔術における関係をしかと考えてみますと、そこには、おのずから、別のあるものの存在が浮かびあがってきます。

『彼方』におけるデュルタルとシャントルーヴ夫人の関係をさらに見ていくと、漠然とではありますが、その「あるもの」の正体がわかってきます。

シャントルーヴ夫人は、翌晩、自宅にデュルタルを誘い、夫の眼を盗んで暗闇で熱い接吻を浴びせて驚かせます。そして、さらに次の晩にはデュルタルの家に現れ、今度はついに身を任せます。シャントルーヴ夫人の体は氷のように冷たかったにもかかわらず、唇は燃えるように熱く、デュルタルが思い切って挿入すると、夫人は「喉にかかった、低い、妙な声をだして、下品なことをつぶやき、動物めいた叫びを口ばしって」悶えつづけます。デュルタルは、こうした夫人の豹変ぶりに興奮するどころか、逆に萎えてしまい、深い失望を味わいます。いかにも、オカルト・オタクらしい反応です。

しかし、デュルタルはやがて、夫人のこうした反応は、夫人がドークルという破戒僧のもとで、黒ミサに出席しているためではないかと疑い、ふたたび好奇心をいだきます。デュルタルの推測は当たっていました。シャントルーヴ夫人は黒ミサの常連で、彼を今度、そこに連れて行くと約束したのです。

ヴォージラール街近くの建物に、デュルタルとシャントルーヴ夫人が入っていくと、そこでは、おどろおどろしく黒ミサが執り行われていました。ドークルが司祭の役を務め、すべてカトリックの反対をいく儀式で冒瀆《ぼうとく》するように聖体のパンを精液で冒したあと、それを全裸になって狂乱する女たちに分け与えていたのです。女たちはそのパンをむさぼり食ったり、あるいはヴァギナに入れて恍惚としています。

デュルタルは、このオージーをまのあたりにして気分が悪くなり、シャントルーヴ夫人を誘って外に出ます。ところが、夫人は疲れたので水でも飲みたいという口実を設けて、デュルタルを安ホテルに誘います。

「彼女は彼を抱きしめ、囚われもののなすべき仕方を教え、思ってもみなかったような、淫らがましい嬌態を演じた。そして、気が狂ったように彼の口を吸って、はなれなかった。

デュルタルはようやく寝床から出ると、思わず知らず身慄いをした。寝床のなかに、あの聖体のパンの切れ端が、二つ三つちらばっているのに気がついたからである」

ようするに、シャントルーヴ夫人は、黒ミサの最中に、ドークルが汚《けが》した聖体のパンをヴァギナに入れ、そのまま興奮してデュルタルと交わったのです。いいかえれば、デュルタルのペニスは、黒ミサの聖体のパンの代理物だったのです。

しかし、ここで考えるべきは、黒ミサの聖体のパンは、その役割において、白ミサ、つまり普通のカトリックのミサにおける役割と裏返しではあるが同じ機能を果たしているということです。なぜなら、黒ミサで女性のヴァギナに埋められた聖体のパンが悪魔を迎え入れるのと同じように、カトリックのミサでは、信者の舌にのせられた聖体のパンはイエスの肉体の摂取を象徴しているからです。

こう考えると、女性がセックスの快楽の頂点において、眼をつぶり、男のペニスの代理物として受け入れているものがなんなのか、推測がつきます。女性は、その瞬間、自分の上に覆いかぶさっている醜い地上の生き物ではなく、光り輝くある種の超越的な存在（人によってはこれを神と呼ぶかもしれません）を受け入れているのです。

この意味で、女性は、快楽の頂点において、男のペニスを挿入するふりを装って、じつは、聖霊を迎え入れる神聖受胎の儀式を執り行っているのかもしれません。

とすると、セックスにおける男というのは、才能があろうがなかろうが、またいかなる肉体であろうとも、すべて、この儀式における「余計なもの」にすぎない、ということになるのではないでしょうか。

第8講 「恋と贅沢と資本主義」の女神――『ナナ』

Emile ZOLA : Œuvres complètes illustrées, 《Nana》, *Bibliothèque Charpentier*
Eugène Fasquelle, Éditeur , Paris, 1906 . より　illustré par Bellenger

通りです。

ファム・ファタルの絶対条件は「桁外れの浪費家」

一口にファム・ファタルといっても実に様々なタイプがあることは、これまで見てきた通りです。

マノン・レスコー型、カルメン型、椿姫型、才能食い型などなど、バリエーションは無限です。そのせいでしょうか、すべての類型のファム・ファタルをひとくくりにできるような共通項はなかなか見つかりません。

しかし、ファム・ファタルである以上、絶対にこれはクリアーしておかなければならない条件というものがあります。

意外かもしれませんが、それは金銭にたいする執着のなさです。

えっ、だっておかしいじゃない。ファム・ファタルというからには、男から「持てるもの」、つまり財産、地位、名誉、才能、若さ、美貌、ようするに、その男の持っているプラスの価値をヴァンパイアのように吸い尽くし、空っぽの抜け殻にして捨て去ってしまうんでしょ。とくに、男が金満家なら、その財産を蕩尽《とうじん》させることがファム・ファタルの義務みたいなものだから、金銭には執着がないはずないじゃない！

きっと、あなたはこう反論されるでしょう。

ところが、これがちがうのです。

たとえば、ここに、男からすべてのプラス価値を奪い取ることに情熱を燃やす女性がいるとします。その女性は外見だけを見れば、たしかにファム・ファタルかもしれません。しかし、もし、その女性が男から巻き上げた金銭や財産をすべて溜め込んで巨大な財を築いたり、あるいはそれを元手に銀座に高級クラブを開いたり、六本木にエステティック・サロンを開業したりしたら、はたしてこれをファム・ファタルと呼んでいいものでしょうか？

否です。断固として否です。そうしたガメツくて計算高い女は、悪女ではあっても、ファム・ファタルでは絶対にありません。これだけは、ファム・ファタルの名誉のためにも言っておかなければなりません。

では、たんなる悪女とファム・ファタルはどこが違っているのでしょうか？

いやしくもファム・ファタルと呼ばれる存在であるためには、男から巻き上げた金は自分のところに滞留させたりせずに、すべてこれを消尽するようでなければなりません。ひとことでいえば、浪費家、それも桁外れの浪費家であることが、ファム・ファタルの絶対条件なのです。

この意味では、エミール・ゾラの『ナナ』はまさに、ファム・ファタルの「理想像」を描いたような作品といえます。

「それは彼女の生涯のうちでも、ナナがいやます光輝でパリじゅうを照らしていた時期だった。彼女は、悪徳の世界でなおいっそう大きな存在となり、公然とひけらかすその人もなげな贅沢《ぜいたく》ぶりや、おおっぴらに男たちの財産を食いつぶしてゆく金銭蔑視によって、この都を圧していた。彼女の屋敷のなかには、いわば鍛冶場《かじば》の輝きのようなものがあった。そこでは、彼女の絶え間のない欲望があかあかと燃え、彼女の唇の吐くかすかな息が、黄金を刻一刻、風の吹きはらう細かな灰に変えていった。いまだかつて、こんなにがむしゃらな濫費《らんぴ》ぶりを目にした者はなかった」（平岡篤頼訳・中央公論社 以下、特記しないかぎり引用、同）

ナナというのは、豊満な肉体を武器に、高級娼婦から女優になった娘で、蜜に群がる蜂のように集まってくる男たちから、次々と財産を巻き上げては、これを湯水のように浪費しているのです。

実際のところ、どれくらいの金額をナナが蕩尽していたのか、一つ、小説の中から数字を拾って、これを現在の日本円に換算してみましょう。

まず、毎月の食費が五千フラン（五百万円）などというのはまだかわいいほうです。帽子屋に二万フラン（二千万円）、下着屋に三万フラン（三千万円）、靴屋に一万二千フラン（千二百万円）、厩《うまや》に五万フラン（五千万円）、仕立て屋の勘定は六ヵ月で十二万フラン（一億二千万円）、年間の生活費はなんと百万フラン（十億円）にも達していました。

読者の中には、小説だからこんな途方もない金額を書くことができるのだと思われる方がいるかもしれません。その考えはもっともなものです。

ところが、ゾラはまったくウソはついていないのです。ゾラという作家は、実在の高級娼婦たちの生活を取材し、彼女たちが浪費する金額を細かくノートに書き留めていました。ですから、この金額は、少しも大袈裟ではないのです。第二帝政や第三共和政の時代にあっては、こうした桁外れに浪費家の娼婦というのが実際にいたのです。

現在の日本では、叶《かのう》姉妹がいかにゴージャスでも、年間十億円という金額は、おいそれと使い切れるものではありません。

しかもこれには屋敷の造営費は一切含まれていないのです。いかに金満家の男でも一人ではとうていナナの浪費を支え切れません。

「次から次へと詰めかける男たちも、手押車いっぱいにぶちまけられる金貨の山も、贅沢の重みで軋《きし》むこの屋敷の敷石の下に、依然としてあんぐり口をあけている穴を埋めることはできなかった」

ではなぜ、こんなにもすさまじい浪費にナナは身をまかせるのでしょう？

浪費が楽しいからでしょうか？　もちろんそれもあると思います。ただ、浪費の楽しさだけでは、とうてい彼女の蕩尽願望を説明できません。そこには、なにか心理的な要因が働いているはずです。

「［ナナの頭のなかを占めているのは］いつでも旺盛な浪費欲と、金を出してくれる男に対する本来的な軽蔑、恋人たちの破滅に誇りを感じる、貪欲で浪費的な女の、絶え間のない気まぐれだった」

つまり、ナナは相手が自分にのめり込んで金を貢《みつ》げば貢ぐほどその男を軽蔑し、どうあってもこいつを破産させてやらなければならないと、まるで闘争意欲に燃えた賭博師のような自負心をもって、浪費を続けているのです。ひとことでいえば、ナナは、自分の肉体一つで、世の男すべてと果敢に戦っているのです。

しかし、いったい、ナナの中の何が彼女を男たちとの闘争に駆り立ててやまないのでしょうか？　これを知るには、ナナの生い立ちから探ってみる必要がありそうです。

貧困、アル中の両親、父親の暴力

『ナナ』は女優としてデビューしたヒロインがパリのヴァリエテ座で、肉襦袢《にくじゅばん》を着たスタイルで（さすがのフランスでも舞台で女優がヌードを見せることは禁じられていたので、肉色のレオタードのようなものを着ていました)、ヴィーナスを演じるところから始まります。ナナはほとんどセリフをしゃべれませんでしたが、この舞台一つでパリのセックス・シンボルになってしまいます。この時代には、女優が高級娼婦となるよりも、高級娼婦がよりリッチなパトロンを求めて舞台にデビューするということがよく行われていたのです。

ゾラはこのデビューの翌朝、ロシア人の豪商に借りてもらっている高級アパルトマンで眠りこけているナナをこんな風に描いています。

「このアパルトマンは彼女には広すぎたので、いつまでたっても家具が完全には揃わなかった。それで、金ぴかの小卓とか椅子などといったけばけばしい贅沢品が、マホガニーの円テーブル、フィレンツェの青銅まがいの亜鉛燭台《しよくだい》などといった、古道具屋のがらくたと雑然と同居しているのだった。いかにもそれは、最初の堅気な旦那からたちまちのうちに愛想尽かしされ、いかがわしい男たちを転々とするにいたった娼婦の住居らしく、思うにまかせぬスタートというか、借金を断わられたり追い出すぞとおどかされたりしたことがわざわいした、売出しの失敗を感じさせた」

『ナナ』の中では直接ふれられていませんが、ナナは本名をアンナといい、前作『居酒屋』のヒロインである洗濯女ジェルヴェーズとブリキ職人クーポーの間にできた娘という設定になっています。ジェルヴェーズとクーポーは初めはともに真面目な働き者でしたが、クーポーが屋根から落ちて大ケガをしたのをきっかけに、一家は不幸の坂道を転がり降りていきます。夫婦ともどもアル中になり、舞い戻ってきたジェルヴェーズの内縁の前夫ランチエと三人で共同生活をするというふしだらな生活を送っています。父親は飲んだくれてなにかというとナナを殴るので、ナナは造花女工として伯母の店で自活するようになりますが、雌牛を思わせる真っ白い肌に金髪をなびかせたその美しい肉体を周りの男たちが放っておくわけはありません。しかし、それを知った父親は烈火のごとく怒り、ナナを折檻《せっかん》します。その仕打ちに耐え兼ねたナナはある日、プイと家を出たまま戻ってきません。そんなナナを、いまは他の女と暮らしているランチエが見かけて、ジェルヴェーズに報告します。

「そうさ、マルチール街を下ってくるところだった。見ると、目の前を小娘がひとりじいさんの腕にすがって歩いていく。おや、どうも見覚えのある後ろ姿だなとひとり言をいったものさ……。そこで足をはやめてみたね、と、ナナ公に面と向きあったという次第だ……。なあに、あの子のことは心配せんでもいい。あの子はとてもしあわせなんだよ。きれいな毛のドレスは着ているし、首には金の十字架をつるしているし、おまけに楽しそうな顔をしていたしさ！」（ゾラ『居酒屋』黒田憲治訳　河出書房新社「世界文学全集」17）

貧困、アル中、父親の暴力、家出、年寄りのパトロン。きれいなドレスや装身具。今日、似たような環境に置かれた少女たちがたどるのとまったく同じコースをたどってナナも、いまでいうフーゾクの世界に入り込んでいきます。

そして、そのあげくにお決まりの転落が始まります。つまり、パトロンの老人のもとを逃げ出し、最初に恋した若い男のところにころがりこみますが、妊娠したとたん、男は姿を消し、ナナは十六歳で男の子を出産します。もう、このときには、父親も母親もアル中で錯乱して死んでしまっていました。子供を里子に出したナナには、頼るものとしては、もう自分の肉体しかないのです。

現代だったら、ナナはきっと、AV界の花形になっていたことでしょう。しかし、十九世紀にAVはないので、ナナは、パトロンを渡り歩きながら、次第に高級娼婦の世界でのしあがっていきます。

そして、それは、多くの淪落《りんらく》の娘と同じく、殴ることでしか愛情を示すことのできなかった飲んだくれの父親への復讐の始まりでもあったのです。

セックス・ワーカーの心を支えるもの

お金というものは、考えれば考えるほどわけがわからなくなる不可思議なものです。

まず、第一に、普通の貧乏人には、お金があればなにができるのかということが正確にわかっていません。たとえば、ある一人の貧乏人が、いきなり百億円のお金をもらったとしましょう。五億円くらいまでなら、豪邸を買う、最高級車を買う、ブランドものの服やアクセサリーを買いあさる、毎日グルメ・レストランで食事する、といった普通の「金の使い道」を思いつくことができます。

しかし、それを超えた消費となると、悲しいかな、人には、それぞれ生まれつき定められた想像力の限界というものがあるのです。いいかえれば、どんな人でも、与えられる金額が「消費想像力」の限度を超えたとたん、その超過分はドブに捨てるほかなくなるのです。よく、月に何百万円も稼ぐ風俗嬢が、金の使い方がわからないために、それをホスト・クラブで、好きでもないホストのために散財してしまうという話を聞きますが、これなどは、消費想像力の限界値を示す格好な例といえましょう。限界値を超えた金銭というのは、その人にとっては重荷でしかなくて、早く、それを投げ捨ててしまいたくなるものなのです。悪銭身につかずとは言い得て妙です。

ナナも初めのうちは、こうした風俗嬢と同じでした。極貧の生まれですから、贅沢をするといっても、想像力におのずと限界があり、たいした贅沢はできませんでした。パトロンたちにお手当を要求するときも、多少の遠慮というものがありました。無駄遣いが過ぎて、お手当では家賃や貸し馬車屋、仕立て屋、子供の養育費その他もろもろの払いを済ませることができなくなると、昔取った杵柄《きねづか》とやらで、自分の肉体で「アルバイト」をして金を工面してしまいます。こうしたときには、相手を斡旋《あっせん》してくれるトリコン夫人という女性を呼び寄せます。

「今日、一人あるんだけど、どう？」

「いいわ……いくら？」

「二十ルイ［四百フラン］よ」

「で、時間は？」

「三時に……じゃ、きまったわね」

「きまったわ」

しかし、さすがのナナも、こうして自分の肉体を切り売りしてお金を稼ぐことには抵抗感をもっています。いや、それは抵抗感というよりも嫌悪感です。ナナはセックスが嫌いというのではありませんが、好きでもない男といきなりセックスするということは必然的に「労働」になりますから、どうしても楽しくはないのです。

「化粧室で、ゾエが手を貸してさっさと化粧着を着せてやったが、そんないやな思いをさせられる腹いせに、ナナはぶつぶつ男たちにたいする罵詈雑言《ばりぞうごん》をつぶやいた。（中略）

『なにさ、かまうもんか！』と、ナナはずけずけ言った。『いやらしいやつばかりなんだから。あれが好きでさ』」

やがて、あまりにたくさんの男たちがナナの肉体を求めて押しかけてくるので、ナナは今度は嫌悪感ではなく、激しい憎しみを抱くようになります。そして、その憎しみは男の数によって掛け算されてどんどん大きく膨らんでいきます。

この憎しみを癒すには、いくつかの選択肢があります。ナナはそれを片端から試してみます。

一つは、風俗嬢がホストに入れあげるように、格下のつまらない男に愛情を注ぐことです。ナナは、パトロンたちと縁を切って、自分が出演しているヴァリエテ座のフォンタンという醜い喜劇役者と同棲生活を始めます。

「同棲しようというはっきりした考えもなしに、なれそめの最初の熱狂にかられて、だしぬけに引っ越して来たのだった。（中略）フォンタンに発作的に惚《ほ》れこんでしまった彼女は、昔、造花の女工をしていて、鏡つきの紫檀《したん》の洋服簞笥《だんす》と、紺の丈夫な粗絹をはりつめたベッド以上のものは考えられなかったころの理想に帰って、小ざっぱりした明るい寝室を夢見ていた」

セックスを労働としている人間にとって、愛情、あるいは少なくともそう見えるものは、心の健康を保つためのドリンク剤のようなもので、これなしにはやっていけません。セックスしても減るものじゃなし、などと人は言いますが、これはウソです。労働としてのセックスを重ねれば重ねるだけ、あそこは減らなくても、心は確実に減っていきます。

その結果、この心の減少分を補うために、セックス・ワーカーたちは、愛情をほしがります。どんな愛でもいいのです。矮小《わいしょう》な愛であろうと偽の愛だろうと、心の減少分を埋めてくれるものであればそれでいいのです。自分はだれかを愛していて、相手からも愛されていると思いこむこと、これだけが、セックス・ワーカーとして働いていくための心の支えとなります。セックス・ワーカーは、もしヒモというものがこの世に存在していなければ、それを「発明」していたにちがいありません。

ところで、このヒモという存在ですが、これは世間の人が考えているのとは異なり、ある種の「教育者」の役割を演じることを強いられます。

この教育者は、まず、「生徒」たるセックス・ワーカーたちに、労働の必要性を教えなければなりません。なぜなら、愛情という充塡《じゅうてん》剤によって心の減少分が満たされてしまうと、セックス・ワーカーたちは働こうとしなくなり、必然的に自分たちの生活が成り立たなくなってしまいます。ですから、ヒモは、相手の心の空隙《くうげき》を満たすふりをして、逆に広げてやるようにしなければなりません。

その第一は自分は働かずにもっぱら消費に回ることです。定職を持ったヒモが存在しないのはそのためです。また、ヒモが例外なく博打好きなのも、似たような理由によります。

ヒモの第二の、そして最大の教育者としての特性は、熱血先生のそれと同じで、生徒に鉄拳制裁を加えることです。生意気な口をきいた、礼儀知らずな振る舞いをした、無駄遣いをした、理由はなんでもかまいません、とにかく殴ってやると、生徒はそれを愛のムチと勘違いして、より慕ってくるのです。

「『……我慢できないわ！　はっきり言うけど我慢できないわよ！』

そして彼女は、床へとびおりるために、彼をまたごうとするような格好をした。すると、我慢しきれなくなり、はやく眠りたくて仕方のなかったフォンタンは、力まかせに彼女の頰ぺたを張り倒した。（中略）まるで平手打ちが彼女の気持をしずめたとでもいうみたいに、怒りがおさまっていた。（中略）朝、目を覚ましたとき、彼女はむきだしの腕にフォンタンを抱きしめ、自分の胸にしっかりと、力いっぱい彼を締めつけていた。ねえ？　もうあんなことはしないでしょう、二度と決してしないでしょう？　彼女はあまりにも彼を愛しすぎている。彼にならば、頰ぺたを張りとばされたってやっぱり気持がいいと言うのだった」

ここには、ヒモから暴力をふるわれるセックス・ワーカーの思考回路が見事に分析されています。セックス・ワーカーというのは、例外なく愛情乞食ですから、ヒモの暴力も一つの愛情表現と誤解して、自ら、それを誘導するような振る舞いに出るのです。いっぽう、ヒモはというと、そこに「教育」の成果を認め、以後、この方法に頼るようになります。

「この時から、新しい生活がはじまった。フォンタンは、彼女が『ええ』と言ったからといってはなぐり、『いいえ』と言ったからといってはなぐった。彼女も、慣れっこになって、それを甘受した」

こうなると、愛情ではなく、もう動物の馴化《じゅんか》、アメとムチによるマインド・コントロールです。

「ナナは、小刻みに溜息をつきながら泣いていたが、息を殺した。彼が横になると、彼女は息がつまって、しゃくりあげながら彼の胸にしがみついた。彼らのつかみあいはいつでも、そういうふうにして終わるのだった。彼女は彼を失いはしまいかとはらはらしていて、どんな目に会わされても、彼が自分のものであることを確かめたいという、意気地のない願望をもっていたのである。彼は二度、そっけない身振りでナナを押しのけた。しかし忠実な犬みたいな濡れた大きな目をして、彼に哀願するこの女の生温かい抱擁は、むらむらと彼の欲情をかきたてた。そして鷹揚に振舞ったが、自分から手を出すというだらしのない真似は全然しなかった。なんとしてでも許しを求めるに値する男といったふうに構えて、ただ愛撫され、手ごめにされるがままになった」

レズビアニスムという新しい快楽

しかし、こうしたヒモにも、一つの盲点があります。それは、ヒモがセックス・ワーカーの心の空隙を埋めるのは自分だけだと思い、事実、他の男はいないように見えても、実際には、心の空隙を埋めることのできるもう一つの存在がいることに気がつかないことです。

フォンタンとの貧乏暮らしが続き、自分で買い物に出なくてはならなくなったナナはあるとき、市場で、サタンというあだ名の昔の娼婦仲間に出会います。このサタンはナナとは反対で、まるで少女、というよりも少年のように華奢《きゃしゃ》で痩せた娼婦です。ナナはフォンタンと喧嘩したり、退屈したりすると、むしゃくしゃした気分を晴らすために、このサタンに会いに出掛けます。サタンはナナを自分の行きつけのロールの店に連れていきますが、そこは有名なレズビアンの集まるレストランでした。これは、パリに実際にあった

「ラ・モール（Rat mort＝死んだネズミ）」というレズビアン・レストランをモデルにしています。

この店で、ナナは初めてレズビアンたちの存在を知ります。最初は嫌悪感しか抱かなかったナナですが、サタンに手ほどきされるうちに、次第に、この新しい快楽に浸っていきます。これが第二のオプションです。

「二人の女の間に、愛情にみちた午後の習慣がはじまり、甘い言葉や笑いでとぎれる接吻がやりとりされた。（中略）それから、ある晩、事態が急に深刻になった。ロールの店であんなに嫌悪をもよおしたナナだったが、いまは彼女にもわかったのである。彼女はそれに動転し、憤りを感じた。ちょうど四日目に、サタンが姿を消しただけに、なおのことその憤りは激しかった」

このようにレズビアニスムによる愛情とセックスも、一時的にはナナの心の空隙を埋めますが、しかし、それはあくまで刹那的な充塡剤でしかありません。

そこで、ナナは、ついに、最後の、決定的な手段に訴え出ます。それは、セックスをするごとに自分の心を擦り減らしていった男たちへの徹底的な復讐です。

フォンタンと別れ、サタンにも去られた後のナナの浪費ぶりは一段階も二段階もステージを上げたものに変わっていきます。ナナの「消費限界値」がクリアーされたのです。ここから、ナナは、この世の男たちの金銭をすべて食らいつくす怪物へと変身していくことになるのです。

復讐の女神としてのファム・ファタル

極貧の環境の中で飲んだくれの父親から殴打されて育ったナナは、そのトラウマを埋めようとするかのように、娼婦となって荒稼ぎして散財しますが、男たちの剝き出しの欲望に毎日接するうちに、心の空隙は満たされるどころか、ますます拡大していきます。

そして、その空隙がある限度を超えたとき、ナナの「消費限界値」はステージを上げ、どれほどの金満家が金をつぎ込んでも、もはや、限界に到達することはできなくなってしまいます。ナナの心の空隙は底無しの地獄沼と化し、成金や大貴族の金という金を次々に吸い込んでいくのです。

「ナナは数ヵ月のうちに、彼らを一人また一人と、貪欲に食いつぶしていった。豪華な生活のいよいよかさんでゆく費用が彼女の欲望を熾烈《しれつ》化《か》し、一人の男をひとかじりで片づけてしまうのだった。はじめ彼女は、フーカルモンをつかまえたが、彼はほんの数日しかもたなかった。彼は海軍をやめようと考え、十年間の海上勤務の間に三万フランほど溜めていて、それを元手にアメリカで運試しするつもりでいた。ところが彼の慎重さどころか、吝嗇《りんしょく》の本能さえもどこかへけし飛んで、彼はすべてを与え、融通手形にまで何枚も署名して、自分の将来をしばってしまった。ナナが放り出したときには、彼はまるはだかだった。もっとも彼女は、非常に親切に振舞い、また船に帰るように彼に忠告した。意地をはったところで、なんの役に立つのか？　お金がなくなってしまったからには、これ以上つきあうことはできないのだ。彼はそのことをよく理解して、分別のある行動をとるべきなのだ。破産した男は、まるで熟《う》れすぎた果物みたいに彼女の手から落ちて、地上でひとりでに腐ってゆくのだった」

ゾラは、この描写で、ナナをたんなるファム・ファタル以上のなにものかとして描こうとしているように見えます。つまり、ナナは何かの象徴のようなのです。でも、いったい何の象徴なのでしょうか？

ナナの心に空隙をつくってきた貧困・暴力・性欲などのマイナス要因に対する女の側からの復讐でしょうか？　それもあると思います。たとえば、次のような箇所は、ナナが復讐の女神としてのファム・ファタルであることを物語っています。

「それからナナは、スタイネールにとりかかった。べつに嫌悪を感じるほどではなかったが、愛情も感じなかった。彼女は彼をいやなユダヤ人呼ばわりし、自分でもよくわからないらしい、古い昔の怨みをはらしているかのようだった」

最後の部分に、ナナの復讐の実態がよく現れています。ナナは明らかに昔の怨みを晴らすつもりで男たちの金をむさぼりくっているのですが、それが具体的には、何に対する怨みなのかはわかっていないのです。

この何か奥深いものに対するナナの怨みや復讐を最も象徴的に描いたのは、ナナが枢密顧問官で皇后宮の侍従までつとめたことのあるミュファー伯爵に侍従の格好をするように強要し、サディスティックに愚弄《ぐろう》する次のような場面です。

「権威にたいする不敬の念にかりたてられ、そんな格式ばった壮麗な衣装をまとった彼を辱《はずか》しめる快感にしびれて、なおも笑いつづけながら、彼女は彼をゆさぶったり、つねったりして、『ほら、お歩き、侍従さん！』とどなりつけ、しまいには思いきり尻を蹴とばすというおまけまでつけるのだった。（中略）それが彼女の復讐、血とともに彼女に伝えられた、父祖伝来の無意識的な怨みだ」

もし、この通りとすると、ナナは、親の代から、いや、それこそ原始の昔から貧困と悲惨の中に生きてきた下層階級が上流階級に対していだく無意識の怨恨のゆえに、こうしたサディスティックな復讐に出ているのだということになります。なるほど遺伝と環境を重視した自然主義者ゾラらしい観察といえます。

しかし、ゾラのすごいところは、自分が打ち立てたこうした遺伝と環境の理論を、別の箇所では平然と無視してしまうところにあります。すなわち、遺伝と環境の理論だけでは絶対に把握できないような社会の秘密のメカニズムを、その鋭い直感によって瞬間的にとらえてみせるのです。ナナが復讐しているのは、じつは男でもなく上流階級でもなく、もっと途轍《とてつ》もなく巨大なメカニズム、だれにも見えないが確実に存在しているメカニズムであることをゾラ自らが、次のように説き明かしています。

「ナナが、とてつもない注文ばかりつけて、その崩壊を早めた。一月《ひとつき》ほどの間はそれでも、彼［スタイネール］はつぎつぎと奇蹟的な手を打って、あがきつづけた。彼はヨーロッパじゅうを、ポスターとか新聞広告とか趣意書とかといった、大がかりな宣伝で満たして、はるか遠くの国々から金を引き出していた。そうした貯えのすべてが、投機家の大金と貧しい連中のへそくりとの別なく、ヴィリエ大通り［ナナのアパルトマン］へ飲みこまれてしまうのだった。それとは別に、彼はアルザス地方のさる鉄工場主と提携していた。その草深い田舎の片隅では、石炭で真っ黒になり、汗みどろになった職工たちが、ナナの快楽の費用を調達するために、夜となく昼となく筋肉を硬直させ、骨を軋ませていた。彼女は燃えさかる火みたいに、投機のあぶく銭も、労働による稼ぎも、何もかも飲みこんでいった。今度こそ彼女は、スタイネールを完全に平らげ、骨の髄までしゃぶりつくして、精も根も吸いとったあげく、歩道におっぽり出した」

ここまで来ると、もはやナナは、一人のファム・ファタルであることを止めて、あらゆる男の稼ぎだした富という富を吸い込み、出がらしになった男をポイと捨ててしまう「超ファム・ファタル」としてあらわれてきます。まるで、少しでも富のある男は、この「超ファム・ファタル」に敢然と挑戦し、見事、戦い抜いて富を完全に吸い取られないかぎりは、男として名声を確立できないような描き方ではありませんか？

そう、男として生まれたならば、ナナの「贅沢」を支えきるだけの「生産」を用意する義務があるかのようです。「彼女は燃えさかる火みたいに、投機のあぶく銭も、労働による稼ぎも、何もかも飲みこんでいった」とありますから、男の「生産」のもとが善であっても悪であってもかまわないのです。ただ、その「生産」が、ナナの贅沢を満たすために、「金銭」に変えられたとたん、それはすべてナナの中に吸い込まれ、ほとんど意味のない「贅沢」となって再び社会の中に循環してゆくのです。

こうなると、ナナは一つのシステムと化します。「金銭」という善悪の彼岸を超えたファクターを循環させることによって、自己肥大化を限りなく繰り返していくシステム、通常、「近代資本主義」という名前で呼ばれている無機質なメカニズムの別名なのです。

ヴェルナー・ゾンバルトというドイツの経済学者は、資本主義の本質を「生産」に置くマルクスも、「貯蓄」に置くウェーバーもともに誤りを犯しているとして、資本主義、とりわけ近代資本主義を生み出すものは、むしろ富の循環を促す「贅沢」（＝奢侈《しゃし》消費）であり、その「贅沢」の引き金となるのは、女に対する男の恋、ひとことでいえば恋愛と性欲であると喝破しましたが、ナナこそは、このゾンバルトのいう資本主義のメカニズムにほかなりません。

人間は、労働によって、あるいは才覚や詐欺によって、合計すれば巨大な富をつくりだすわけですが、その富が人類が生きていく上での総量を超えたとき、一つのパラドックスが起こります。行き場所を失った富は、金銭《マネー》という善悪のないメカニズムに姿を変え、ほとんど自動的に世界を駆け巡っては、行く先々で、自らの創造主である人間に復讐します。

金銭《マネー》を持たない段階では、おのれの欲望を意識しなかった人たちでも、金銭《マネー》が手に入ったとたん、自分の欲望を自覚し、それを満たそうと懸命になります。

男たちは、欲望の最もわかりやすいかたちである「女」に金を注いで、自分の存在をアピールしたくなります。いっぽう、女は注がれた金で、心の空隙を満たそうと、「贅沢」に走ります。すると、その消費が再び消費を生んで最後には、流通した金は「生産」のセクターに回り、さらなる金銭《マネー》のサイクルへとフィードバックしてゆくのです。恋と贅沢と資本主義の三位一体《さんみいったい》の完成です。

「ナナは、すぐに、ラ・ファアロワーズに手をつけた。久しい以前から彼は、完全な粋人《すいじん》となるために、ナナの手にかかって破滅する名誉にあこがれていた。それだけが彼に欠けていたのだ、女の力で売り出す必要があった。二月《ふたつき》もすれば、パリじゅうの人間が彼のことを知り、新聞に彼の名前が載るにちがいないのだ、事実は、六週間で十分だった。彼の相続遺産は、土地とか、牧場とか、農園などといった、不動産から成っていた。彼は次から次へと、あわただしく売り飛ばしてゆかねばならなかった。（中略）ナナが、どっと侵入する敵の軍隊みたいに、あるいは雲霞《うんか》のように群がり飛んで、一地方全体を荒らしつくす蝗《いなご》の大群みたいに、かすめ過ぎるのだった」

ここには、「土地、牧場、農園」などとして「不動」だった財産が、「恋と贅沢」をきっかけにして、「金銭《マネー》」に変えられ、流れだしていく資本主義のメカニズムが語られています。まさに、ゾンバルトのいう「恋と贅沢と資本主義」の三位一体の絵解きにほかなりません。

しかし、この「恋と贅沢と資本主義」のサイクルにおいては、女に金を注いだ男も、また金を注がれた女も、ともに勝ち逃げすることはできません。なぜなら、金銭《マネー》という無機質なファクターの通り道にすぎなくなった男と女は、メカニズムの歯車の「宿命」として、金銭《マネー》が通過したとたん用済みとなり、廃棄されていくことになるからです。この意味では、男たちを滅ぼすための装置であるナナもまた、近代資本主義の犠牲者の一人ではあるのです。

ナナは自分の周りで男たちが次々に破滅してゆくのを見て、最後にこう嘆きます。

「まったくよ！　これじゃ公平じゃないわ！　社会の出来方が悪いんだわ。いろんなことを要求するのは男のくせして、女ばかりが攻撃されるのよ……そうよ、いまだからあんたに言うわ。彼らと付き合ってるときだって、わかる？　ほんとはあたし、楽しくなんかなかったのよ、全然といっていいくらい。ただ、うるさかっただけよ、誓ってもいいけど！……だとすると、あなたに聞きたいんだけど、あたしに少しでも責任があるの？（中略）彼らがお金や命をなくしたところで、要するに、勝手にしろだわ！　自業自得よ！　あたしのせいでもなんでもないわ！」

その通りです。ナナに責任はありません。ただ、ナナに責任はなくとも、金銭《マネー》の通り道として、メカニズムの歯車となった以上、彼女もまた破滅を「運命」づけられています。ナナは、財産の一切を売り払うとどこかに旅立ちますが、パリに帰ってきたときには、天然痘に冒され、腐りながら死んでいきます。「恋と贅沢」という資本主義の動因をつくったファム・ファタルもその資本主義が通りすぎたあとでは、「血と膿《うみ》でどろどろになって、シャベルでクッションの上に投げ出されたみたいな、腐った肉の一山」として死んでいく「運命」にあるのです。

「ヴィーナスが腐爛《ふらん》してゆくのだ。まるで彼女自身が、溝泥のなかに放り出されている屍肉から拾ってきたあの病菌、それで大勢の男たちに毒をふりまいてきたあの腐敗菌が、彼女の顔にまでのぼってきて、腐らせてしまったとでもいうみたいに」

この病菌、それこそが近代資本主義という病毒なのです。

第9講 「失われた時間」への嫉妬——『スワンの恋』

Marcel PROUST : A l'ombre des jeunes filles en fleurs, *NRF*, Paris, 1948.より
Illustré par J.-E. Laboureur ©ADAGP, Paris & JVACS, Tokyo, 2003

嫉妬の痛み

十七世紀フランスのモラリスト（人性観察家）であるラ・ロシュフーコーは、愛と嫉妬との関係について、こんなことを言っています。

「嫉妬は必ず愛とともに生まれるが、必ずしも愛とともに死なない」

これは、一度でも恋愛というものを経験したことのある人にとっては、すぐに理解できる真実です。しかも、まことに厄介な真実です。なぜなら、愛などとっくになくなってしまっているのに、嫉妬だけはいつまでも長生きして私たちの心の中に居座り続け、チクリチクリと、心の壁を針で刺すことがあるからです。その痛みというのは、一種独特のもので、それを免れようとすれば、よほどのことをしなければなりません。

マルセル・プルーストの『失われた時を求めて』の第一篇の「スワンの恋」は、嫉妬から癒されるために、その「よほどのこと」、つまり「結婚」をしてしまった男の物語です。

好みではない女に恋するとき

「スワンの恋」の主人公シャルル・スワンは、株式仲買人の息子という成り上がり階級の一員でありながら、最高級の貴族サロンに出入りを許された上流社交界きっての寵児です。それというのも、スワンは、美術や音楽などに関して、どんなプロにも負けないような洗練された鑑識眼を持っているうえ、会話がとても巧みなので、どこの上流サロンでも引っ張りだこなのです。

ところで、こんなにも芸術的にすぐれたセンスをもっているスワンですが、その彼が、現実の女性にどのような特質を求めているかといえば、意外なことに、いたって健康的で豊かな肉体でした。

「奥深い表情や憂愁は、彼の官能を氷らせてしまい、これに反して健康でぽっちゃりしてバラ色の肉体がありさえすれば、たちまち彼の官能は目ざめるのであった」(鈴木道彦訳・集英社　以下引用、同)

少し例が古いのですが、外国女優にたとえてみれば、スワンは、シャーロット・ランプリングのような陰影のあるタイプではなく、アン・マーグレットのような健康美人が好きな男だったのです(なにを隠そう、私も、スワンと同じ趣味です)。

つまり、スワンは、現実の欲望と夢とのあいだに画然たる一線を引いていて、実生活では、自分が称賛する画家や彫刻家が描くような女性とは正反対の女性を好きになっていたのです。

したがって、ある日、劇場で旧友から、高級娼婦オデット・ド・クレシーを紹介されたとき、スワンは、欲情をそそられるどころか、一種の肉体的嫌悪感しか覚えませんでした。オデットは、スワンの好きなタイプの健康美人ではなかったのです。

「男にはみな、それぞれ型は異なるが、官能の要求するタイプと正反対の女がいるもので、オデットはそういう女の一人に見えたのである。彼の好みと比べて、オデットの横顔ははっきりしすぎていたし、肌は弱々しすぎたし、頬骨はでっぱりすぎ、顔立ち全体がやつれているように見えた」

積極的に出たのはむしろオデットのほうでした。オデットは彼に手紙をよこして、ぜひあなたさまのコレクションを見せていただきたいと言って、交際のきっかけをつかもうとします。しかし、スワンにはほとんどその気がありませんから、次の訪問まで、オデットがどんな顔だったかを忘れてしまいます。

「彼女が訪ねてくるたびごとに、その顔を前にして、いくらかはぐらかされたような気持を味わった。彼女と話をしているあいだ、スワンは、この女の持っている大そうな美しさが、すんなりと好きになれるような類いの美しさでないことを残念に思うのだった」

ところが、不思議なことに、スワンはオデットが目の前からいなくなると、もしかするとオデットは自分にとって好ましい女ではなかったのかと思いかえすようになります。

このように、世の中には、女性が目の前にいるときには、なんの欲望も抱かないのに、女性がいなくなったとたんに恋の疼《うず》きを感じる「不在恋愛症候群」とでも呼ぶべき特殊な心の病におかされている男がいるものなのです。

こうしたタイプの男にとって、女性の不在こそが恋を加速させるアクセルで、女性の現前は、反対に恋のブレーキになります。

そのため、オデットと頻繁に会っているうちは、とんと恋心などというものは抱きませんでした。

オデットに特別の感情を抱くようになったのは、オデットが唯一出入りを許されているヴェルデュラン夫人のサロンにスワンを誘ったときのことです。

スワンは、そこで作曲家ヴァントゥイユの創ったソナタの小楽節を若いピアニストが演奏するのを聞き、かつてなかったような幸福感を味わいます。そして、そのソナタから受けた印象を未知の女との出会いのアナロジーで理解しようとします。

「それはきわめて特殊なもので、ごく個性的な魅力を備えており、何ものもそれにとってかわることができそうもなかったので、スワンはまるで、道で出会ってすっかり惹きつけられてしまった女、もう二度とめぐり会えないだろうとあきらめていた女に、親しくしているサロンで不意に顔を合わせたような思いだった。とうとうしまいにその女は、先導するように、すばやく、よい香りをあたりにただよわせながら、スワンの顔にその微笑の反映を残して遠ざかった」

ここで少し文学的な脱線をしますと、スワンがヴァントゥイユのソナタから受けた印象を、「道で出会ってすっかり惹きつけられてしまった女」という比喩であらわしているのには、あきらかにボードレールの「見知らぬ女に」という名詩の影響があります。すなわち、ボードレールは、現代生活というのは、道で見知らぬ女とすれちがって激しく惹きつけられながら、次の瞬間にはもう別れて永遠に会えなくなる、そうした出会いのような、つかの間の快楽の繰り返しだと喝破したのですが、スワンは、こうした文学的な教養を背景に、現実をとらえようとしています。

じつは、この態度にこそ問題があるのです。現実の中の自然を、芸術家が非現実の中で創った人工をもって譬《たと》え、そこにアナロジーの橋を渡そうとするスワンの態度、まさにこれが、スワンに大きな不幸をもたらすことになります。

「物語」を現実と錯覚する悲劇

まず、スワンはヴァントゥイユのソナタから受けた、道で出会って魅せられた女にサロンで再会するというストーリーを、自分とオデットの出会いに重ね合わせてしまいます。

「彼は小楽節をそれ自体として――（中略）――見るよりも、むしろこれを自分の恋愛のしるしのように、その記念のように、ヴェルデュラン夫妻にも若いピアニストにも彼と同時にオデットのことを考えさせ、二人を結びつけるもののように見なしていた」

ついで、スワンは自分の大好きなボッティチェリの描くチッポラの肖像画のイメージでとらえようとします。いいかえれば、スワンは現実のオデットをそのものとして見るのをやめ、チッポラの肖像画のモデルを探し求めるようにしてオデットを眺めていたのです。

「彼はオデットを見つめるのであった。彼女の顔、彼女の身体には、壁画の一部があらわれている。そのとき以来、オデットのそばにいようが、あるいは離れてただ彼女のことを思っているだけであろうが、スワンは常に壁画のこの部分をそこに探し求めた」

こうしたスワンの態度は、私たち一般人から見ると、相当に変わっているように感じられます。はっきり言って、どうかしているのです。

しかし、では、私たちが、こうした態度からいっさい無縁かというと、むしろ、その反対であるように思えます。つまり、私たちは、恋愛において、多かれ少なかれ、こうしたスワンと同じようなことをやっているのです。

たとえば、あなたは、今の恋人をどういう基準で選んだのでしょうか？

案外、『タイタニック』のディカプリオに笑顔が似ているとか、トレンディ・ドラマの反町某に眉間《みけん》の皺《しわ》がそっくりだとか、そういう理由で「好き」になったのではないでしょうか？　そして、友達に、「ねえねえ、私の彼氏、ディカプリオ（反町）に似ているよね」などと言ったりしてはいないでしょうか？

こう尋ねられた友達は、決まって、あなたに「ええー！　どこが？」と答えるはずです。

するとあなたは、「やっぱ、似てるよ。だって、そっくりだもの」と、ほとんど理由にならない理由をあげて擁護します。

この瞬間、あなたは、まさに「スワン症候群」に陥っているのです。つまり、現実の彼氏をしっかり観察し、いささかも自分の趣味ではないと断定するかわりに、自分の好きな俳優とのほんのわずかな類似にすがって、「私はこの人が好きだ」と思い込んでしまうのです。いいかえれば、あなたは非現実の作り出す「物語」の夢に欺かれて、現実を見ずにいるのです。スワンとのちがいは、非現実が、ヴァントゥイユのソナタやボッティチェリのチッポラという高尚な対象ではなく、ディカプリオや反町といった通俗的なそれであるということにすぎません。構造的には、まったく同じなのです。

そして、この錯覚から生まれる悲劇もまた同じです。プルーストは残酷にも、前もって、その悲劇を予告しています。

「しかし彼は忘れていたのだ、そうだからといって、けっしてオデットがそのためにいっそう彼の欲望にかなう女になったわけではないことを」

そう、これなのです、あなたが毎度繰り返している、好きでもない男とすぐに一緒になって離れるという愚行の原因は。好きな俳優にどこかが似ているからといって、その男が、その俳優になるわけはなく、自分の「欲望にかなう」男になるわけはないのです。

しかし、「物語」による思い込みの構造はまことに強いものがありますから、毎日、いや毎時間、地球上のどこででも、こうした無数の「スワン」たちが誕生しています。

ですが、考え方を変えて、この構造をしっかりと研究するなら、あなたが無敵のファム・ファタルに変身できる可能性があるともいえます。

すなわち、相手の男の「物語」を適確に見抜いて、その「物語」の中に入り込むことができたなら、男は、たとえあなたが「欲望にかなう女」でなかったとしても、コロリとまいってしまうかもしれないのです。

その手練手管をわきまえたファム・ファタル、それが「スワンの恋」のオデットにほかなりません。オデットを研究することは、常に男に勝つファム・ファタルの道へと通じているのです。

男を「芸術鑑賞モード」に誘う術策

まことに不思議なことですが、私たちの眼というのは、ある瞬間に、面前にある「現実」を見ているはずなのに、実際には、それを超えた彼方にある「非現実ななにか」を見てしまうことがあります。その摩訶不思議な現象の最たるものは、絵画、とりわけ芸術絵画と呼ばれるものを見るときの私たちの心のモードです。現実の絵画は、物質的にはいくつかの絵具の堆積にすぎません。眼を近づけて見れば、そのことは明らかです。

ところが、一定の鑑賞距離からそれを眺めると、その絵具の堆積が、この世のどんな美女よりも美しい彼岸的な美女に見えることがあります。このとき、私たちは、絵具の堆積という現実類似物（アナロゴン）を介して、非現実を見てしまっています。サルトルが『想像力の問題』で指摘したように、この瞬間、私たちの心は、想像力を最大限に働かせる「芸術鑑賞モード」に入っているのです。

よく、たいした美人でもないし、スタイルも頭も悪いのに、やたらに男にモテまくって、周囲の女性たちの怨嗟《えんさ》の的になっている女性がいます。こうした女性は、じつは、いま言った「芸術鑑賞モード」に男たちを誘うのが得意なのです。つまり、自分の肉体をアナロゴンと化して、男たちに、非現実な美女を見させる術をしっかりと心得ているわけです。

オデットは、この手のアナロゴン美女の典型でした。肉体的にはスワンの好みにまったく合わず、趣味も通俗的で俗悪なのに、スワンを「芸術鑑賞モード」に誘う術策にたけていたために、まんまとスワンの心の中の理想の美女になりすますことに成功します。

その手口のいくつかをこれから具体的に見ていきましょう。これは「ファム・ファタル学」の基礎となる課目ですから、しっかり記憶しておいてください。あとで必ず役に立つはずです。

一つは小道具を使うという手です。相手の男の心がどんな「物語」を求めているか、言いかえれば、男がどんなきっかけで「芸術鑑賞モード」に入りやすいかを見抜いて、その「物語」を誘発するような小道具を使うのです。

オデットが主として用いたのは、当時はそれほど一般的でなかった、キクやカトレアなどのエキゾチックな花です。

「ある晩、彼女が馬車から下り、彼がそれじゃまた明日と言ったとき、オデットは、つと家の前の小さな庭から最後のキクを一輪摘むと、まだそこにいた彼に差し出した。それを彼は帰る道々、じっと唇に押しあて、また何日かして花が萎《しぼ》んでしまうと、大切に机の抽出しにしまいこんだのだった」

じつは、スワンは前年からキクが流行していることをいまいましく思っていたのですが、オデットの部屋のオリエンタルな趣味にかなっていたので、キクを「介して」オデットに触れるような気がして許してしまうのです。

するとオデットは畳み掛けるようにして、この路線の小道具を繰り出してきます。サロンの控えの間には「まるで温室のように一列に大輪のキクが咲いて」いるばかりか、サロンの壁のくぼみには、「大きなシュロの木とか、写真や結んだリボンや扇子などがとめてある屛風」が配してあります。

しかし、こうしたモノだけでは男の「物語」に入り込むことはできません。必要なのは、そうしたモノと自分の肉体を結びつけて男に記憶させることです。

「［オデットは］たくさんの神秘的な壁のくぼみの一つにスワンを招いて、自分の傍らに坐らせるのであった。そして、『そんなふうにしてらしちゃ、お楽じゃないでしょ。ちょっとお待ちになって。うまく直してさし上げますわね』と言うと、何か特別な発明をしたときにでもするように、さも得意げに小さな笑い声を立てながら、まるで貴重な品も物惜しみせず、その値打などどうでもよいと言わんばかりに、日本絹のクッションをくしゃくしゃにして、スワンの頭のうしろや足の下に宛《あ》てがうのだった」

キク→シュロ→扇子→屛風→日本絹のクッション。さながら連想ゲームのようなモノの繰り出し方で、それこそ、ガイジンのオリエンタリズム、ジャポニスムそのものです。はっきり言って俗悪極まりないのですが、しかし、これらのモノがオデットの「小さな笑い声」やなにげない動作と連結されると、スワンの心の中に、一つの幻影、アヴァンギャルドでいながら洗練された趣味の持ち主というイメージがつくりだされていくのです。

小道具の次は、スワンの感覚、とりわけ味覚に訴えるという戦術です。

「オデットはスワンに『彼の』紅茶を淹《い》れてたずねる、『レモン？　それともクリーム？』スワンが『クリーム』と答えると、彼女は笑いながら、『ほんのぽっちり、でしょ！』と言う。そして彼がおいしい紅茶だと言うと、『ほうら、お好きなものはちゃんと分かっているんですよ』事実この紅茶は彼女自身もそう思ったのだが、スワンにとっても何か貴重なものに見えた。そして恋愛というものは、いろいろな喜びのなかに自己の正当化と、愛情が持続する保証とを見出す必要があるので（中略）スワンが七時に彼女と別れて夜会服に着かえるために家に帰るとき、彼は馬車に揺られているあいだ中、その日の午後が彼にもたらした喜びを抑えることができずに、繰り返し自分にこう言いきかせていた。『あんなふうに、めったにないおいしい紅茶をご馳走してくれる可愛い女がいるっていうのは、なかなか悪くないものだ』」

ここで注目すべきは、紅茶そのものよりも、オデットがそれをスワンに「彼の」紅茶として差し出すことで、紅茶を特権化してみせたことです。恋愛というのは、モノそのものよりもモノに込められた関係から生まれるものだからです。オデットは「彼の」紅茶と言ってそれを特権化することで、逆に強く自分のイメージを特権化したのです。

カトレアの花にこめた戦略

オデットが次に取り掛かったのは、そうしてアピールされた自分のイメージを、ある特殊なモノと結び付け、モノの背後に隠れることで、そのモノに含まれる観念を自分のものにしてしまうことです。

「彼女はこういった自分の持っているシナの骨董品が『面白い』形をしていると考え、またラン科の花、とくにカトレアが面白いと言うのだった。そのカトレアはキクとともに彼女のお気に入りの花で、そのわけは、カトレアが花のようではなく絹か繻子《サテン》でできているように見えるところがたいそうよかったからだ。『この花はまるでわたしのコートの裏地から切りぬいたみたい』と彼女はスワンに一輪のランを指さしながらそう言ったが、そこにはこの『シックな』花に対するある尊敬のニュアンス、自然が彼女に思いがけなくも与えたこの優雅な妹、生物の等級からすれば彼女の足許にも及ばないけれども、しかし洗練されていて、たいていの婦人たちよりもこのサロンに席を占めるにふさわしいこの妹に対する、ある尊敬のニュアンスがこめられていた」

いかにもプルーストらしい長ったらしく、まわりくどい文章ですが、オデットがカトレアの花にこめた戦略の構造についてはよく説明されています。すなわち、オデットはまずキクを出し、次に中国や日本の骨董品を出し、自分が世間一般に通用している美学とは一味ちがった新しい「芸術的ライフスタイル」を信奉する女であるというイメージを植え付けておいてから、「彼の」紅茶でイメージを強化し、最後にカトレアを出して、それと自分を完全に重ね合わせます。映画で言えば、二重映しの技法で、カトレアと自分を隠喩（メタファー）の関係に置いたのです。『椿姫』のマルグリット・ゴーティエが白い椿と赤い椿を自分のシンボル・マークにして、ダーム・オ・カメリア（椿姫）という異名を獲得したのと同じで、オデットは、ダーム・オ・カトレア（カトレア姫）になるという戦略を立てたのです。

この戦略はじつに巧みなものでありました。なぜなら、カトレアには、優雅、洗練というニュアンスのほかに、それがラン科の花であることからくるエロティックな含みもあるからです。ご存じのように、ランというのは、その形状からして、男性器と女性器の両方を連想させるものがあります。オデットは、もちろんこうしたカトレアの属性を知っていますから、「花の露骨さに顔を赤らめ」て見せるのです。また、カトレアが花というよりも「絹か繻子」でできていて、「わたしのコートの裏地から切りぬいたみたい」と言うことによって、自分の肉体との密着を匂わせます。しかし、それはあくまでカトレアというメタファーを介在させた上でのエロティシズムの喚起です。この点を間違わないでください。直接の「お誘い」は男の気持ちを萎えさせることがあるからです。

ひとことで言うなら、オデットはカトレアを性的なメタファーとして使うことで、自分の肉体がスワンの好みではないことを巧みにカムフラージュし、彼をして「芸術鑑賞モード」で自分を眺めるようにしむけるのです。

もともと「芸術鑑賞モード」に入りやすい性向をもっていたディレッタントのスワンは、まんまとオデットの計略にはまってしまいます。

二度目の訪問でオデットが見たがっていた版画を持っていったとき、スワンは、薄紫色《モーヴ》のクレープ・デシンのガウンで出迎えたオデットが版画を眺める姿を目にし、そこにシスティナ礼拝堂の壁画にあるエテロの娘チッポラとの類似を発見して驚きます。

「これまで彼がこの女をただ肉体的にしか眺めてこなかったために、彼女の顔や身体の美しさについて、彼女のすべての美しさについて、たえず疑いの念が起こり、それが彼の愛情を弱めていたのに対し、他方そういった肉体的な見方のかわりにある確実な美学の与えるものを基礎におくと、たちまち疑いは破壊されて、この愛情は保証されるのだった。むろん接吻や肉体の所有も、それが崩れた肉体によって与えられる場合はごく自然なつまらないものに見えるけれども、美術館に飾られたある作品に対する熱愛を完成するものであるとすれば、超自然で甘美なもののはずだと思われるのだった」

こうなったら、もうオデットの勝ちは確定的です。スワンは現実のオデットの肉体を見ずに、それをアナロゴンとして、「芸術作品」を見てしまっているからです。

しかし、オデットはそれだけでは満足しません。より強くスワンを捕らえるには、「芸術鑑賞モード」だけでは足りないことを知っています。恋愛というロケットがより遠くに飛ぶには、「嫉妬」という第二段のロケットに点火する必要があることを自覚しているのです。

「不在」のテクニック

アナロゴン美女たるオデットは、カトレアなどのメタファーを使って、スワンを芸術鑑賞モードにすることを得意としていました。つまり、スワンの好みではない自分の肉体の代わりにモノ（特にカトレア）を置き、肉体をその背後に隠してしまうのですが、この戦略の究極のテクニックは、肉体そのものを不在にすること、つまり、スワンの目の前から姿を消してみせることにほかなりません。

ある晩、ヴェルデュラン夫人のサロンに遅れて出かけたスワンは、オデットが先に帰ったことを知らされ、かつてないような苦しみを味わいます。給仕頭から、プレヴォの店でココアを飲むつもりだというオデットの伝言を受けとると、急いで馬車を走らせるのですが、どこのカフェやレストランを捜しても、オデットは見つかりません。

「彼はメーゾン・ドレまで行き、トルトニに二度もはいり、それでも彼女が見つからないので、カフェ・アングレからふたたび出てくると、けわしい顔つきで、イタリアン大通りの角で待っている馬車のところへ行くために大股で歩きはじめたが、そのとき逆の方向から来た人とばったりぶつかった。それがオデットだった」

プルーストはこの瞬間のオデットについて「彼女はまさか彼に会うとは思っていなかったので、ぎょっとしたような身振りをした」と、意味深な一行を付け加えています。これが何の伏線であるかは後に明らかになるでしょう。

いずれにしろ、スワンは、この不安と希望の入りまじった探索の過程で、オデットを完全に所有したいという排他的な感情を抱くに至ります。わかりやすい言葉でいえば、「恋」に落ちてしまったのですが、プルーストは、この恋愛感情の成立には、オデットが「そこにいなかった」ことが不可欠な条件となったと説明しています。つまり、てっきり「いる」と思った相手が「いない」とわかったとたん、私たちの想像力はあらぬ働き方をして、経過していく時間を不安な期待で待つようになるのです。

「スワンは刻々と近づく瞬間を、レミ［御者］から、『あそこにいらっしゃいます』と言われる瞬間のようにも、また『どのカフェにもいらっしゃいません』と言われる瞬間のようにも、両方に思い描いていた」

ファム・ファタルを志すあなたが習得すべきは、この「不在」のテクニックです。すなわち、男は、あなたがそこに「いる」から恋するようになるのですが、「いない」とわかったとき、恋はもっと深まるものなのです。

この男の心理をうまく衝《つ》いたのが、オデットの用いた「スッポカシ」という手口です。携帯電話が普及したいまでは、なかなか応用は難しくなってきていますが、適度の「不在」は男を確実に恋の深みに誘いこみます。関係がすこしダレてきたかなと思ったときには、一度、携帯の電源を切って、デートに大幅に遅れてみせるのも上策です。男の気持ちはふたたびあなたのほうを向き、恋が緊張をはらんだものに戻ることはまちがいありません。

しかし、このスッポカシは、あくまで恋をより深くするための意識されたテクニックとして使うべきです。ほんとうにスッポカシをやってはいけません。男の気持ちがささくれだってきた頃に、タイミングよく姿を現してみましょう。男は最初、デートに遅れた理由を尋ねたり、携帯の電源を切っていたわけを説明しろと迫りますが、それは、恋が深まったまぎれもない証拠ですから、あなたとしては、この時こそが狙い目と心得るべきです。強力なフェロモン攻撃をしかける絶好のチャンスです。

天性のファム・ファタルであるオデットは、その点は心得たものです。実は、スッポカシは意識的にやったものではなく、他の男と会っていて結果的にそうなったにすぎないのですが、状況をすばやく察するとチャンスを見逃さずに、見事な「お誘い」をかけます。

このときも、使われた小道具はカトレアでした。オデットは手にカトレアを持っていたばかりか、大きく襟ぐりの開いたデコルテの谷間にもカトレアを挿していましたが、馬車が大きく揺れた瞬間、叫び声をあげ、スワンの腕の中に飛び込むような仕草をします。すると、スワンはオデットの肩に手を回し、こう言います。

「おや、さっきがたんとした拍子に、お胸の花がずれてしまったけれど、まっすぐに直してもかまいませんか?」

もちろん、オデットにイヤはありません。スワンは今度はこう尋ねます。

「匂いをかいでも、いやじゃありませんか? ほんとにこの花は匂いがないのかなあ。実は一度もかいだことがないんですよ。かいでみてもいいですか?」

オデットはほほえみながら軽く肩をすくめただけでしたが、それはこう語っていました。

「変なかた、お分かりじゃありませんか、わたし、そうされるのが大好きだってことくらい」

以後、二人の間では、「セックスをする」の代わりに「カトレアをする」という言い方が使われるようになります。

結婚＝「真実への情熱」の行き着く先

ところが、ある晩、スワンがオデットのアパルトマンを訪ねると、オデットは今夜は気分が悪いからといって「カトレア」なしで彼を追い帰します。しかし、スワンは自宅に戻ったとき、突然、一つの考えに打たれます。もしかして、オデットは他の男を迎えいれるために自分を追い帰したのではなかろうか？　激しい嫉妬に駆られたスワンが来た道を引き返すと、案の定、オデットのアパルトマンからは明かりが漏れていました。このときのスワンの反応がなかなか見物です。

「たしかに彼は、この光を見るのが苦痛だった。（中略）それでも彼は来てよかったと思った。彼を家にいられない気持にさせた苦しみは、曖昧でなくなっただけに激しさも薄れていたからだ」

この心理の微妙な綾《あや》に注目してください。たとえ、苦痛を引き起こす真実であっても、漠然とした不安よりはましなのです。スワンにとって、一番いけないこと、それは答えがわからない宙ぶらりんな状態なのです。

「このとき彼の感じていたほとんど快いとも言えるものは、疑惑や苦痛の鎮静とは異なる何かであった。（中略）いま嫉妬によって蘇ったのは、勤勉な青春時代に彼が持っていたもう一つの能力、すなわち真実への情熱だった」

「真実への情熱」これこそが、ファム・ファタルに弄ばれた男が最終的に行き着くことになる境地です。もはや、それは恋でもなければ、嫉妬でもありません。果たして相手が自分を裏切ったのか否か、その一点が知りたいという切実な欲求なのです。

では、この「真実への情熱」はいったいどのような過程から生まれるのでしょうか？

それは、ほとんどの場合、二つに引き裂かれた空間と時間の織りなす戯れから生じます。

ここにAとBという二人の恋人がいるとしましょう。二人はセックスをしたばかりで、同じ空間と時間を所有しています。しかし、二人にはそれぞれ別の生活がありますから、どこかで「じゃあね」と言い合って別れ、空間を別にしなくてはなりません。このとき、AとBはお互いの空間から「不在」になります。しかし、ここで重要なのは、時間もまた別々になるということです。AとBは「不在」になったあとの相手がどんな時間を過ごしたのか、それも知り得なくなるということです。

それでも、相手のことを信頼しているときには、相手が自分が予想したであろう空間の中に「いて」、そこで、予想通りの時間を過ごしたと思いこむことができます。

ところが、なにかのきっかけで、相手が予想した空間に「いなかった」ということが判明します。あるいは、そこに別の人間といたかもしれないという疑惑が生じます。このとき、自分がいまいる世界とはまったく別の、その中身を知り得ないパラレル・ワールドが誕生し、相手はそのパラレル・ワールドの住人となってしまいます。そして、それと同時に、完全に埋まっていると信じて疑わなかった相手の時間が「失われた」ものになってしまうのです。

嫉妬とはこのパラレル・ワールドの「失われた時間」に対する嫉妬、いいかえればある種の「時間の病」にほかなりません。そして、この嫉妬はなにか証拠を得ると、あたかも自立した生き物のように肥大化しはじめるのです。スワンが置かれた立場がまさにこれでした。

「彼の嫉妬は、タコが一本目、二本目、三本目とそのもやい綱のような足を伸ばすのに似て、この夕方の五時という時刻にしっかりとへばりつき、ついで別な時刻に、さらにまた別な時刻にと、吸いついた」

やがて嫉妬はあまりに肥大化しすぎたために、対象を見誤ります。つまり、もはや、オデットそのものはどうでもよく、パラレル・ワールドの「失われた時間」のみが重要になるのです。これがプルーストのいう「真実への情熱」のことです。

ところで、この「真実への情熱」を満たしてくれるのはオデットの証言しかありません。オデットがパラレル・ワールドで過ごした真実の時間を話してくれれば、それですべては解決なのです。しかし、スワンにとって、大きな障害が立ち塞《ふさ》がります。オデットは浮気をごまかすために、さまざまな嘘をつくのですが、その嘘に小さな事実の断片を紛れこませるのです。その結果、よけいに事態は紛糾してしまうのです。

「スワンはただちにこのような言い分のなかに、正確な事実の切れ端があるのを認めた。それは、嘘をついている人たちが不意をつかれたときに、気休めに彼らの捏造《ねつぞう》する嘘の話のなかにはいりこませ、そのなかに組み入れて、いかにも〈真実〉らしく見せかけたつもりになるあの事実の断片であった」

オデットは別段、意識してこの真実と嘘のモザイクを作ったのではありません。オデットはそれほど頭のいい女ではないのです。しかし、かえってそのことが、スワンを「真実への情熱」の深みに入りこませます。もはや、スワンは真犯人を突き止めようとする刑事、あるいは隠された真実を求める学者のようになってしまいます。この意味では、オデットは天性のファム・ファタルということができます。なぜなら、スワンはオデットからなんとしても真実を聞き出し、「失われた時間」を再現するために、オデットと一瞬たりとも離れられなくなり、ついには「結婚」に踏み切るからです。やがて、結婚したスワンはこうつぶやくことになります。

「まったく俺ときては、大切な人生の数年を無駄にしちまった、死のうとさえ思い、あんな女を相手に一番大きな恋愛をしてしまった。俺の気に入らない女、俺の趣味でない女だというのに！」

「在／不在」の戯れを自由自在に駆使できる女、オデットこそは『失われた時を求めて』の最終的勝利者です。嫉妬は愛より長生きします。そして、真実への情熱は嫉妬よりも長く続きます。女はすべからくミステリアスでなければなりません。

『ナジャ』に図版として挿入された
ブルトン自身によるイラスト
illustré par André Breton

第10講 ファム・ファタルとは痙攣的、さもなくば存在しない——『ナジャ』

魅力とスキの微妙な兼ね合い

ファム・ファタルが、男にとって、文字通り、ファタルな（命取りになる）女となるには、一定期間以上、男の関心をヴィヴィッドに惹きつけておく力がなくてはいけません。いくら出会いがファタル（宿命的）であろうとも、すぐに男に飽きられてしまうようでは、男の命を奪うまでには至らないからです。

では、いったい、男の関心を常に惹きつける力とはなんなのでしょうか？

それは、男を驚かす能力、男の意表をつく才能ではないかと思います。ようするに、出会いの瞬間から、男をビックリさせつづける意外性を持っていなければならないということです。

とりわけ、インテリの男にはこれは強烈な効果を発揮します。

概していうと、インテリの男はあまりインテリの女には惹かれないものです。しかし、驚きを与える女には手もなくやられてしまうのです。

アンドレ・ブルトンの『ナジャ』は、こうした「驚かされたい」という潜在的願望を抱いていた男が、「驚かす」女と出会ってしまったらどうなるかを研究するための恰好のテクストといえます。

語り手の私は、「私とは誰か？」ということを知るために、「私」の中に潜在的に存在している「私が外在したような他人」との運命的な出会いを希求し、その希望がこれまでに常に叶えられてきた不思議な人物です。

たとえば、パンテオン広場の偉人ホテルに住んで、シュルレアリスム運動を開始したころ、主宰していた雑誌『文学』のある号を買いにきたナント在住の女の口から、自分がここを訪れたのはある人物を紹介したいがためだったと聞かされたことがありましたが、事実、その数日後には、ナントから、終生の友となるバンジャマン・ペレが現れる、というような偶然的な「必然の出会い」が数多くあったのです。

ただ、「私」はいわゆるナンパ師ではありませんから、街で偶然すれちがって惹きつけられた女に片っ端から声をかけるなどという芸当はなかなかできません。バンジャマン・ペレがやってきたナントという町は、パリを除いたら、起こるに値する出会いが起こるという印象を受ける町だと感じ、実際に、あふれるばかりの炎に燃えている眼差しに出会うことが何度かあったのですが、そのたびに、「私」は機会を逸してしまっていました。

「昨年も自動車でナントを通ったのだが、女工にちがいないひとりの女が男といっしょにいて、こちらに眼をあげたのを見たとき、このことをあらためて確認した――いっそ車をとめればよかったのだが」（巖谷國士訳・白水社　以下、特記しないかぎり引用、同）

そんな偶然的な「必然の出会い」を常に希求していた「私」ですが、あるとき、パリのラファイエット通りを歩いていて、ついに、その運命的（ファタル）な「出会い」を果たします。

「とつぜん、おそらくまだ十歩ほどはなれたあたりに、反対方向から、ひとりの若い女のやってくるのが見える――とてもみすぼらしいなりをした女で、むこうも私を見る、あるいはむこうが先だったかもしれない。彼女はほかの通行人と反対に、顔を高くあげて歩いている。いかにも華奢で、歩きながらやっと身をささえている風情だ。何か目に見えない微笑が、たぶんその顔の上をさまよっている」

「私」が、その女に強く惹きつけられたのは、まず、その女の異様な化粧です。女は、眼から化粧を始めたのに、途中で時間がなくなってやめてしまったかのように、金髪であるにもかかわらず、眼の縁だけを黒々とくまどっているのです。その結果、「私」は、その中の眼に吸い込まれたかのように、思わず声をかけてしまいます。

「かつてこんな眼を見たことがなかった。ためらうこともなく、私はこの未知の女に言葉をかける、そのくせじつを言うと、最悪の事態を覚悟している。彼女はほほえむ、しかしそれはいとも神秘的で、もちろんそのときそう思う余裕があったわけではないにしても、いわば、訳はよく承知しているといった微笑なのだ」

この部分は、ファム・ファタルたらんとするあなたにとっては、とても重要な一節です。一般に、男はどんな男でも、道ですれちがった「いい女」に声をかけたいと願っているのですが、現実には、そんな大胆な振る舞いに出ることのできる勇気を持った男は、千人に一人も、いや万人に一人もいません。たいていは、生まれかかった欲望をぐいと呑みこんでしまうものです。

ですから、男が、とりわけ「私」のように「最悪の事態を覚悟している」内心内気な男が、思い切って高い敷居を越えて、前からやってきた女に声をかけるという振る舞いに出たことは、その女に、男の抑圧をはねのけるほどの魅力があるか、さもなければ、よほどのスキがあるか、このどちらかであることを意味しています。

この点、「私」が出会った女は、このどちらも兼ねそなえていました。

まず、魅力のほうですが、それはもちろん「眼」です。しかし魅力だけではだめなのです。スキが是非とも必要なのです。「とてもみすぼらしいなり」と、化粧を途中でやめてしまったようなメーク。それに「いかにも華奢で、歩きながらやっと身をささえている風情」。この三つのマイナス・ポイントが、じつは、男の緊張をほぐす「スキ」を作っているのです。

ここが重要なのです。ほとんどの女性は誤解していますが、一分《いちぶ》のスキもなくメークして着飾った女というものには、たとえその魅力が大きくても、男はなかなか声をかけることができないものなのです。逆に、どこかにスキのある女に対しては、心の敷居が低くなって、声をかけることができるのですが、かといって、スキだらけではいけません。そういうユルい女性は、声をかけられるのではなく、「チカン」をされてしまうからです。

魅力とスキの微妙な兼ね合い、これこそが世にいうフェロモンの正体であり、このアマルガムが男に「声をかける」という心のハードルをクリアーさせることになるのです。

それともう一つ、忘れてはならないことがあります。それは微笑です。二つの引用の箇所を熟読してください。女は声をかけられてからも、神秘的な微笑を返していますが、声をかけられる前にも、「何か目に見えない微笑」を顔の上にただよわせていたようなのです。

いってみれば、この前駆的な、意識にとまるかとまらないかの微笑が、男の心の敷居をドンと低くしたのです。フェロモン系と呼ばれる女性を詳しく観察すると、たいていは、この「何か目に見えない微笑」を得意としているのです。

しかし、やはり重要なのは、男が声をかけたときに、それに応える「訳はよく承知している」といった微笑です。というのも、よほど場慣れしている図々しい男でない限り、男は「最悪の事態」つまり、プイとそっぽを向かれてしまうことを予想し、内心ドキドキなのです。心臓が口から飛び出るほど緊張しているかもしれません。そんな男が、もし「訳はよく承知している」といった微笑で迎えられたら、これはもう、「ヤッター」と天にも昇る気持ちになることはまちがいありません。

とはいえ、じつは、ここから先がむずかしいのです。「声かけ」と「微笑」で、ひとまずは、出会いは成立しました。しかし、その次の会話で、なにもかもがブチ壊しになってしまうことがあるのです。

驚きの無限連鎖の罠

女はマジャンタ大通りの美容院に行くところだと答えますが、すぐに「じつはどこへ行くあてもなかった」と認め、さらに、いきなり、「いまお金のことで困っている」などという場違いなことを口にし、次に、リールの生まれで、そこでひとりの学生と知り合って恋をしたなどというトンチンカンな身の上話を始めます。

これに対して、「私」はどう反応したでしょうか? 普通の男なら、「あれ、なんだか、この女、ヤバそうだな」と思って、声をかけたものの、そのまま逃げ出してしまうかもしれません。ところが、「私」はなにせシュルレアリスムの元祖アンドレ・ブルトンですから、予想外の答えが女の口から出てくればくるだけ惹きつけられるという性向をもっています。つまり、女が出会ったばかりの男には言いそうもない話をいきなり始めたりすると、その驚き、意外性で逆に、ぐいぐいと惹かれてしまうのです。ひとことでいえば、「私」は出会いのシュルレアリスムによって、ノックアウトされてしまったのです。

「私はもっとよく彼女を見つめる。この眼のなかをよぎるこんなにも異常なものはいったい何なのだろう？　この眼のなかで同時に、悲嘆をくろぐろと映し出し、倨傲《きょごう》を輝かしく映し出しているものは、いったい何なのだろう？」

しかし、この程度の出会いのシュルレアリスムでは、ブルトンのような男を虜にすることはできません。本物のファム・ファタルは、ここで、意外性をトーン・ダウンして、普通の女になってしまってはならないのです。

それでは、いったい、この女はどんなシュルレアリスムを繰り出したのでしょうか？

「彼女は自分の名前を教えてくれる、自分で選んだ名前だという。『ナジャ。なぜって、ロシア語で希望という言葉のはじまりだから、はじまりだけだからいいんです』」

これです。これこそが決定的な出会いのシュルレアリスムなのです。自分で勝手にえらんだ名前「ナジャ」を名乗る。しかも、その理由というのが、希望という言葉のはじまりで、「はじまりだけだからいい」というのですから、ブルトン先生も「降参！」と叫ばざるをえません。やがて、「私」はナジャの口をついて出るとりとめのない言葉のすべてに新鮮な驚きを感ずるようになります。そこで、「私」は他のあらゆる問いを要約するひとつの問いをナジャに問うてみます。

「あなたは誰？」

すると、彼女はためらいもなくこう答えます。

「私はさまよえる魂」

そして、今度は、ナジャは「私」のどこに一番動かされたかを告白します。それは「単純さ」だというのです。

「それは、私の考え方のなかに、私の言葉づかいのなかに、私のありよう一切のなかに見られるもの、そしてその点を誉められることこそ生涯を通じて私の最大の弱味のひとつであったもの、つまり、単純さだというのだ」

こうして、「私」は驚きの無限連鎖の罠にはまっていくことになるのです。

曖昧で突飛な二つの要素の同時的共存

シュルレアリスムの元祖アンドレ・ブルトンであるところの「私」にとって、ナジャは女という形を取って具現化したシュルレアリスムそのものでした。

翌日ふたたび会ったときのナジャは、昨日のだらしない格好とは打って変った、驚くほどシックな服装で現れます。

「なかなか優雅ななりで、全身を黒と赤でまとめ、帽子もとてもきれいだが、それをとると烏麦色の髪があらわれ、昨日の信じられない乱れもどこへやら、絹の靴下と靴も、見ちがえるほどよく合っている」

こうした服装による「俗」から「聖」への転調というのも「驚かされたい願望」を抱えた男には有効ですが、もっと効果的なのは、予想を外すということです。

ナジャは「私」が書いた二冊の本『シュルレアリスム宣言』と『失われた足跡』を手にとると熱心に読み始め、「彼らの鋼《はがね》より、貂《てん》と白貂を追い出す」という言葉に目をとめて、こんなことをつぶやきます。

「彼らの鋼より？　貂……と白貂を。ああ、見えるわ。刃のような棲家、冷たい小川、これが彼らの鋼よりなのね。それからすこし下の、『黄金虫の羽音を食いながら、ふくろう《シャバァヌ》は』（恐怖にかられて、本を閉じながら）、『おお！　これ、これは死よ！』」

こんなブッ飛んだセリフは私には吐けないと思わず慨嘆したあなたは、シュルレアリスムの女ではありません。それゆえ、ブルトンのような詩人を誘惑することはできません。なぜなら、予想もしなかったような答えが女の口から飛び出さない限り、こうした類の男は退屈してしまうからです。彼らが欲しているのは、俗にいう「とびきりおもしろい女」なのです。この点、ナジャはなかなか見事に口頭試問をクリアーしたわけです。

しかし、驚かされたい願望の男をより魅了するには、男に、「なぜ、君はそんなことを知っているの」と不可解な思いを抱かせることが肝要です。

「二冊の本の表紙の色のとりあわせが、彼女を驚かせ、また魅惑する。私に『似合っている』らしい。たしかに私はわざと（ほんとうだ）こんな色を選んだのだ」

同じように、ナジャは、『シュルレアリスム宣言』に添えられた『溶ける魚』の最後に置かれた戯曲（ペーパーナイフの入れ方から判断して彼女が読んだのはここだけのようです）を読んで、じっさいに自分がその場に加わってエレーヌという登場人物の役割を演じたことがあると言い張って、「それがどこで起ったか」を「私」に教えたいとタクシーを拾います。ところが、ここで不思議なことが起こります。

「何か頭のなかで混同していたらしく、彼女は自分が行くつもりのサン＝ルイ島ではなくて、ドーフィーヌ広場にタクシーを向わせてしまうが、ふしぎなことに、ここがまた『溶ける魚』のもうひとつの挿話、『接吻はたちまちに忘れ去られる』の舞台になっている場所なのだ」

「私」を驚かせたこの暗合というのは、『溶ける魚』の挿話「24」に出てくる次のような部分を指しています。

「私はきゃしゃで世なれたひとりの女といっしょに、ポン＝ヌフのほうのとある公共広場

［注・ここがドーフィーヌ広場］の高い草むらのなかにかくれて、その一夜をすごしていた。一時間のあいだ私たちは、すぐ近くのベンチにかわるがわるすわりにくる遅い散歩者たちの唐突にかわす誓いの言葉を笑っていた。私たちはシティ－ホテルのバルコンから流れでるのうぜんはれんの花のほうに手をのばしながら、まるでその夜だけ特別に出まわっている古銭のように秤をかたむけて音をたてるすべてのものを、空中から消しさろうと思っていた」（巖谷國士訳『シュルレアリスム宣言・溶ける魚』岩波文庫）

まさにシュルレアリスムで、読者はなんのことかさっぱりわからないでしょうが、しかし、このドーフィーヌ広場を巡る暗合のエピソードには深い意味があります。それは、当時、このドーフィーヌ広場にあったシティ－ホテルとアンリ四世ホテルというのがいまでいうラブ・ホテルになっていて、その前の広場のベンチがつかの間のセックスを楽しみたい恋人たちや、客と娼婦との逢い引きの場所として使われていたことです。つまり、ナジャがいきなりこのドーフィーヌ広場にやってきたということは、「私」の頭の中にある記憶を探り当てたという驚くべき事実と同時に、ナジャが娼婦としてここのホテルを何度か使ったことがあるということを暗にしめしています。

いいかえれば、ナジャはもしかすると、「私」が長い間その出現を待ち望んでいた生きるシュルレアリスム（つまり聖なる女）かもしれませんが、その一方で、少し頭のおかしい下級の娼婦（俗なる女）かもしれないのです。ところが、この曖昧（エキヴォック）で突飛（アンソリット）な二つの要素の同時的共存が、またまた「私」を魅了してしまうのです。

たとえば、ナジャがなぜか急に脅《おび》えだし、ある建物の窓を指して次のようにいうとき、「私」はナジャは予言者ではないかと思います。

「ほら、あそこのあの窓、見える？　あの窓、黒いわね、ほかのとおなじに。よく見ているのよ。もう一分もたつと、明りがつくわ。赤くなるわ」

事実、一分たつと、その窓に明かりがついて、赤いカーテンを照らし出します。

あなたがリアリストなら、「なによ、きっとナジャは前に何度かこの広場のホテルを使ってその窓のカーテンが赤いのを知っていたのよ。こんな程度の予知能力で驚くなんて、子供っぽいんじゃない」とツッコミを入れるところでしょう。その通りです。シュルレアリストというのは、子供っぽいのです。いや、より正確には、幼年期の黄金郷（エルドラド）への回帰を願う子供そのものなのです。そして、そうした子供そのものであるシュルレアリストをたらし込むには、女は「不思議の国のアリス」になってやればいいのです。

ナジャはまさにこの「不思議の国のアリス」でした。ドーフィーヌ広場を去って真夜中にチュイルリー公園の噴水の前にやってくると、その水の曲線を目で追いながら、こんなことを言い出します。

「あれがあなたの考えとあたしの考えなのよ。見て、二人の考えがいっしょにあそこから湧いてきて、あそこまで噴きあがって、ほら、落ちてゆくときのほうが、ずっときれいでしょ。(中略)こうやって、無限にくりかえされるのよ」

これを聞いた「私」は思わず叫び声をあげてしまいます。

「おい、ナジャ、なんて不思議なんだろう! ほんとにそんなイメージ、どこで見つけてきたんだ? 君は知ってるはずがないけど、僕が読んだばかりの本のなかに、ほとんどそっくり描かれているイメージじゃないか」

こうなったら、「私」はもうナジャに毎日会わずにはいられなくなります。そして、ナジャをやたらに理想化してしまいます。

「いまのままの状態ならば、どのみち、とつぜん、彼女はきっと私を欲するようになるだろう。私は何を求められようと、それを拒んだりしたら忌わしい気持になるだろう、それほど彼女は純粋で、現世のどんな束縛からも自由なのだ、それほど彼女は人生にとらわれておらず、そこがまたすばらしいところなのだ」

「私」がこんなふうに考えるのは、じつは「私」は結婚していて、かなり「人生にとらわれて」いるからです。つまり、ナジャとセックスしてしまえば、それは妻に対して不貞を働くことになります。シュルレアリストとはいえ、平気で妻を裏切ることはできないのです。そこにいくと、ナジャは「現世のどんな束縛からも自由な」存在で、生き方そのものがシュルレアリスムなのです。

しかし、生きるシュルレアリスムであるナジャでも、霞をとって食べていくわけにはいきません。滞在しているホテルの宿代を払い、食事をするにはお金がなくてはなりませんが、ナジャはまったく働いていませんから、じきに窮乏に陥ります。というよりも、かなり前から困窮し、「親しい友達」と呼ぶ年寄りのパトロンにすがったり、ときには行きずりの男に売春をもちかけたりして、糊口《ここう》をしのいでいるようなのです。

現に、ナジャはクラリッジ・ホテルで客を拾うために美容院に行かなければならないがその金もないと「私」に打ち明け、さしあたってホテルを追い出されないためには五百フランほしいと無心します。「私」がいま手元にないが明日には届けてやろうというと、とたんに不安は消しとび、晴れやかな顔になります。そして、それから数日後、セーヌの河岸を歩いているときに急にこう断言します。

「あなたはあたしのことを小説に書くわ。きっとよ」

こうして、「私」とナジャは一層親密になっていくのですが、しかし、そのいっぽうでは「私」はひそかな恐れを抱き始めます。「私」を驚かせるような軽やかさ、奇抜さが彼女の中で増大していくにしたがって、それが彼女の存在自体を破壊するのではないかと不安になってきたからです。ようするに、ナジャは、「私」と出合うことによって狂気の世界に入り始めたのです。もし、ナジャがもうひとつの「私」であるとするならば……。

こうして、「私」はこちら側にとどまり、ナジャは向う側にいってしまいます。しかし、「私」としてはこの単純な二分法を絶対に認めたくはないのです。なぜなら、この二分法を廃絶する「神秘的な、ありうべからざる、唯一の、人を惑わすような、確実な愛——要するに、あらゆる試練なくしては存在しえないような愛」を教えてくれたのが、ほかならぬナジャだからです。

ナジャとは誰か？

それは「発作的衝撃のつながり」で、私を不意打ちし、驚かせ続ける「美」の別名、つまり、シュルレアリスムそのものなのです。

ブルトンは『ナジャ』の最後に、有名なシュルレアリスムのマニフェスト「美とは痙攣的なものだろう、さもなくば存在しないだろう」を置きました。

ところで、これは、ナジャの、ひいてはファム・ファタルの定義だといっても決していいすぎではありません。

ファム・ファタルとは「痙攣的」なものであり、「さもなくば存在しない」のです。

第11講

「神」に代わりうる唯一の救済者

——『マダム・エドワルダ』

改訳決定版『マダム・エドワルダ』(訳・生田耕作　挿絵・金子國義)奢灞都館　1998

「エロス－セックス＝x」の公式

世の中、幸せ、不幸せを計る物差しはいろいろあるでしょうが、私は、試みに、その人のエロス（脳髄的なエロティシズム）の欲求がセックス（肉体的なエロティシズム）によって満たされる類のものであるか否かという判定基準をあげてみたいと思います。

それを仮に「エロス－セックス＝x」という公式で表すことにしましょう。

この場合、「エロス－セックス＝ゼロ」という人こそが最も幸福な人間といえます。こうした人においては、まず肉体のほうから性的な欲望が起こって、それが脳髄に伝わって行動（つまりセックス）が開始されますが、その行動が完了すると、たちまちエロスは雲散霧消し、もとのノン・セクシュアルな存在に戻ることができます。つまり、サカリのついたイヌやネコのように、己の性的欲望の因《よ》ってきたるところをほとんど意識せず、肉体がセックスを要求すれば、ただちにそれを実行に移して欲望を解消しようとする動物的なエロスの持ち主がいちばん幸せなのです。

なぜなら、こうした肉体派の人は、たしかにその動物的エロスを満たす手段がないときには不幸ですが、ひとたび満たしてしまえば、もう煩悩《ぼんのう》はないからです。男でも女でも、この種の肉欲人間は一見するとドスケベやドインランに見えますが、じつは、その肉体的な欲望を除いたら、いたって健康的で、幸せな人たちなのです。

これに対して、最も不幸なのが、「エロス−セックス＝エロス」という公式の人です。こうした人は、欲望は肉体からではなく、脳髄から起こります。すなわち、頭の中だけで、いろいろと妄想をたくましくしているのですが、それを行動に移す段になると、とたんに意気消沈してしまいます。あるいは、なんとかその妄想を実行できたとしても、実現された妄想のあまりの貧弱さに絶望してしまいます。つまり、いくら妄想通りのセックスに励んでも、いささかもエロスの要求するイメージには到達できずに、エロスは欲求不満のまま残されてしまうのです。

ところで、こうした頭脳派のタイプは、セックスに興味がないとかセックスが嫌いだとかいうのではないことに注意しましょう。むしろ、逆なのです。いつも、ほとんど四六時中、セックスのことばかり考えています。

しかし、彼ら、あるいは彼女らにおいては、エロスの要求が、セックスによる肉体の欲望の充足などという形而下的な次元ではとうていおさまりのつかない、全人格的な、いわば、生と死に直接かかわる根源的なところまで届いてしまっていますから、いくら変態や倒錯のセックスを試みても、絶対に問題の解決には至らないのです。

ファム・ファアタルを待望する男には、このエロスとセックスの隔たりが大きいタイプが多いといえます。彼らは、この絶望的な彼我の距離を一気に、瞬時に埋めてくれる女の出現を空しく待ち望んでいるのです。したがって、その出会いは、たんなる性交渉などではなく、生と死を賭金にした、全的な至高体験、よりはっきり言ってしまえば、「神」を見る見神体験でなければなりません。

さて、ここまでいえば、慧眼なる読者は、この章でとりあげようとしているのが、どんな作家かおわかりなのではないでしょうか。そう、二十世紀のフランスの作家の中で最も不幸な男ジョルジュ・バタイユです。

天使の群れを見た瞬間

バタイユの代表作『マダム・エドワルダ』の状況設定とストーリーはある意味ではきわめて陳腐だといえます。

語り手の「おれ」はパリのポワソニエール広場からサン＝ドニ通りに至るあたりの「レ・グラース（鏡楼）」という名のメゾン・クローズ（娼館）で、マダム・エドワルダと名乗る娼婦と出会います。エドワルダが一階のバーの「おれ」の隣の椅子に座ったときに、「おれ」はかつてないような衝撃を覚えます。すると、エドワルダはいきなり片脚をあげ「接吻して！」とささやきます。二階にのぼり、鏡張りの部屋で欲望を満たすと、エドワルダは靴下と黒いドミノ外套だけを纏い「出かけましょう」といいます。二人はグラン・ブールヴァールに出てサン＝ドニ門のあたりを彷徨《ほうこう》し、路上でセックスをします。そのあとで、二人はタクシーを拾い、エドワルダはタクシーの中で全裸になり、運転手にまたがって喜びに震えます。話はこれだけです。

このストーリーをそのまま映像化してしまったら、出来の悪い洋物ポルノにしかならないでしょう。しかし、『マダム・エドワルダ』は、エドワルダの瞳を見た「おれ」が衝撃を覚え、天使の群れを見た瞬間に、陳腐なポルノとはまったく異なる次元の物語へと変貌するのです。

「破廉恥への願望を、いや、のっぴきならぬ破廉恥への宿命を思い起した。ざわめきと、照明と、煙ごしに、笑い声が察知できた。だがもはやなにひとつ気にならなかった。エドワルダを腕に抱きしめ、相手は微笑みかけた。たちまち、おれは凍てつき、身内に新たな衝撃をおぼえた。天空から静寂の一種が降りそそぎ、おれを凍りつかせた。胴も頭もない、ゆるやかな羽ばたきでできた天使の群れに、おれは空高く運び上げられた。だがなんのことはない。惨めな、突き放された思いを味わっただけだ、ちょうど『神』を前にしたときのように」（生田耕作訳・河出書房新社　以下引用、同）

ここからもわかるように、「おれ」が女に求めているのは、たんなるセックスの相手ではありません。エロスの絶望的な渇きを一瞬にして癒してくれるような全的な存在なのです。マダム・エドワルダが微笑を返したとき、「おれ」は彼女こそが長いあいだ求めていたその女であることを直感します。なにしろ、天空から降りてきた天使の群れに空高く運びあげられるような幻を見たのですから、まちがいありません。

ところで天使が出たついでに、天使に関するバタイユの名言を披露しておきましょう。バタイユはこんなことを言っています。

われわれ男は、なぜ美しい女が好きで、美しい女とセックスしたがるのか？　それは美しい女が天使に似ていて、天使を犯すという瀆神《とくしん》の喜びが男を興奮させるからだ。

この天使についての格言でも明らかなように、バタイユにとってのセックスとは、神を汚すこと、つまり瀆神につながるような倒錯した喜びでなければなりません。

究極のタナトスの快楽

しかし、ここでおおいなるパラドックスが生じます。瀆神が快楽となるには、瀆《はずかし》められ、犯される「神」が、そんじょそこらのありふれた存在ではなく、唯一無二の絶対的な美しさを具《そな》えた存在でなくてはならないということです。いや、それだけでは足りません、その「神」は、たんに美しいだけではなく、それを冒瀆したら、その瞬間に、冒瀆者に「死」が与えられるような恐怖の存在であることを必要とします。いいかえれば、瀆神によって得られる快楽は一回的なものであり、快楽を得たと同時に死がやってくるような究極のタナトスの快楽なのです。

ですから、「おれ」はエドワルダに強くひきつけられながらも、警戒心からか、激しい困惑をかんじます。

すると、エドワルダはそれを見越したように不可解な行動に出ます。

「茫然自失の状態から、ひとつの声が、あまりに人間くさい声が、おれを引き出した。マダム・エドワルダの声は、きゃしゃな肉体同様、淫らだった。

『あたしのぼろぎれが見たい?』

両手でテーブルにすがりつき、おれは彼女のほうに向きなおった。腰をおろして、彼女は片脚を高々と持ち上げていた。それをいっそう拡げるために、両手で皮膚を思いきり引っぱった。そんなふうに、エドワルダの《ぼろぎれ》はおれを見つめていた。生命であふれた、桃色の、いやらしい蛸。おれは、しおらしくつぶやいた。

『いったい、どういうことだ?』

『だって』と答える。『あたしは《神》だからよ……』

『おれは気が狂ったのか……』

『いいえ、正気よ。見なくちゃ駄目。見て！』

しゃがれ声は和らぎ、幼児のような態度にかわり、まかせきった無限の微笑をうかべ、ぐったりした様子で、打ちあけた。『ああ、いい気持ちだった！』

この一節を読んで、あなたはどう反応されたでしょうか？

「なに、これ？　自分のを男に見せておいて、なにが『あたしは《神》だからよ』なの？　馬鹿馬鹿しい」としか答えられないあなた、あなたにはファム・ファタルと名乗る資格はありません。なぜなら、男を運命の深みに引きずりこんで、男のエキスを吸いつくし、空っぽにしてしまうファム・ファタルなら、第一に相手の男がどんな女を求め、どんなエロスを抱えているかを正確に見抜かなくてはならないからです。換言すれば、ファム・ファタルは、男のエロスに合わせて、自分を演出できるような演技能力が必要なのです。

この点、マダム・エドワルダはファム・ファタルそのものということができます。というのも、「おれ」が求めていたのは、エロスとセックスのあいだに横たわるあの深淵を一挙に飛び越えさせてくれる女だからです。

エドワルダは続けてもっとすごいことを口にします。

「だが挑発的な姿勢は崩さなかった。言いつけた。

『接吻して！』

『だけど』おれはたじろいだ。『人前でかい？』

『もちろんよ！』」

「おれ」は驚いてエドワルダの瞳をのぞきこみますが、エドワルダはただやさしく微笑するだけです。「おれ」は戦慄を感じながらも、ひざまずき、目の前に広げられた「生命であふれた、桃色の、いやらしい蛸」に唇を押し当てます。その瞬間、女の腿が「おれ」の耳をなで、「おれ」は大海原の波の音を聞いたように感じます。

ところで、場所はメゾン・クローズで、たしかに女たちは全裸に近い格好で、バーのカウンターで客たちと話をしていますが、さすがに、その場で始めてしまうカップルはいません。そのため、見かねただれかが「あんたたちも、お部屋へあがったら」と声をかけます。最近封切られたパトリス・ルコント監督の『歓楽通り』で詳しく描かれていましたが、メゾン・クローズというのは、一階が娼婦と客の出会いの場、二階の個室がセックスのための場所という構造になっているのです。

そこで、「おれ」は若女将《おかみ》に金を払い、尻をくねらせて歩む淫蕩なエドワルダにしたがって二階にのぼっていきます。その瞬間、「おれ」は不可思議な幻影を見ます。

「死神までがその祭典に招かれていた、けだし淫売屋の裸体は肉屋の庖丁を彷彿《ほうふつ》させるからだ」

吉田喜重の映画の題名ではありませんが、極端なエロスはかならずや虐殺のイメージを伴うものと決まっているようです。

エドワルダは「おれ」のエクトプラズマ

ファム・ファタルに強く魅せられる男というのは、いずれも、心に大きな空虚を抱えていて、ファム・ファタルと出会って激しいセックスに身を任せさえすれば空虚は一気に埋まるものと思い込んでいます。しかし、実際には、セックスによって空虚は埋まるどころか、前よりも一層大きくなってしまいます。

そこで、男は、セックスが終わったあと、やはりこれは、おれが追い求めていた女ではなかったと結論し、次なる女を追いかけ始めることになります。

ところが、マダム・エドワルダはまるで「おれ」のそうした心理でも見透かしたように、セックスのあと不思議な行動に打ってでます。裸に白い絹の靴下をはくと、白いボレロ（闘牛士が着ている短い上着）をまとっただけで、上からドミノと呼ばれる黒のマントを羽織り、黒ビロードの仮面をかぶって「出かけましょう！」と言ったのです。

そして、街路の暗がりでいきなり駆け出し、サン＝ドニ門で立ち止まって「おれ」を待っています。このとき、「おれ」は悟ります。自分の追いかけているものが、心にあるのとまったく同じ空虚であることを。

「彼女はアーチのまんなかの、門の下で待っていた。全身、黒々と、穴のように単純で、痛ましげだった。笑っているのでないことが、どころか、まさしく、衣服の覆いの下で、今や、彼女はもぬけのからであることが、察せられた。こうしておれは知ったのだ――身内の陶酔は完全に霧散し――『彼女』の言葉にいつわりはなかったのだ、『彼女』は『神』なのだ」

一読したかぎりではまことにわかりにくい描写ですが、こんなイメージを思い浮かべれば、バタイユが言わんとしていることは理解できるのではないでしょうか。つまり、マダム・エドワルダとは、本来なら「おれ」の心の空虚を埋めるはずのセクシュアリティーが、一種のエクトプラズマとなって、外側に飛び出し、そこで、女というかたちをとったものだと。いいかえれば、「おれ」は「おれ」自身の空虚のあとを追っているのです。

ですから、黒衣のエドワルダと「おれ」との奇妙な追いかけっこは永遠に終わることはありません。エドワルダは「おれ」が追いついたと思うと、スルリと姿を消してしまいます。そうしているうちに「おれ」は啓示を受けます。

「苦しむことを、たとえ打ちのめされようとも、さらに先まで、《虚しさ》までも突き進むことを、おれは承知し、願ったのだ。おれは知り、また知りたかった。彼女のなかに死が君臨することを片時も疑わず、彼女の秘密に餓《かつ》えていたのだ」

やがてエドワルダは夜の街でマントを翻して裸体をさらし、激しいセックスに「おれ」を誘います。

「ボレロから乳房がはみだし……平たい、白い腹と、そして靴下の上部があらわれた。鬱蒼とした翳《かげ》りに大きく口を開いたはざま。（中略）エドワルダの身もだえはおれを自分からひきむしり、無慈悲に、暗い彼方へ投げ出したのだ、ちょうど死刑執行人の手に罪人をゆだねるように」

ここでもまた、エドワルダとのセックスは、「おれを自分からひきむしり」とあるように、エクトプラズマの外化を促すものと捉えられています。これは、空虚を埋めるためのセックスとはまるで方向が逆になっています。「おれ」は空虚を再生産しつづけるためにセックスをしていることになってしまうからです。

では、いったいどうしたら空虚は埋まるのでしょうか？

エクトプラズマであるところのエドワルダとセックスしてもだめなのですから、そのエクトプラズマを昇華できるものを「おれ」以外のところに求めるほかはありません。

その解決法をまるで察知したかのように、エドワルダはタクシーを拾うと「おれ」と一緒に乗り込み、「レ・アール（中央市場）へやってちょうだい！」と告げます。

「暗い通りをひき廻された。落着いてゆっくり、エドワルダは外套の結び目をほどき、脱ぎすてた。もはや仮面はつけていなかった。ボレロをはがし、小声でひとりごちた。

『獣みたいに素っ裸』

ガラスをたたいて、彼女は車をとめた。外におりた。体がふれ合うまでに運転手に近づいて、言った。

『ごらん……あたしは素っ裸よ……さあしましょう』」

運転手が驚いて見つめるうち、エドワルダは挑発するように片足をあげて局部を露出し、降りてきた運転手のズボンからペニスを取り出すと、後部座席へと誘います。ここからが、『マダム・エドワルダ』のハイライト・シーンとなります。バタイユはこれが書きたくて、この作品を著したにちがいありません。以下、引用の傍線を引いた箇所に注意して読んでみてください。

「男はおれのとなりへ来て腰をおろした。あとにつづいて、彼女はその上にまたがった。露骨に、片手で男を自分のほうへ導いた。おれは無気力に、眺めていた。彼女は落着いた老練な動作を示し、傍目《はため》にも、鋭い感覚を味わっていた。それに応えて、一方は荒々しく全身でたちむかっていた。二個の肉体の、裸にされた親近性から出発して、それは今や、勇気もくじける過剰点にさしかかっていた。大わらわの運転手は鼻息荒くのけぞっていた。おれは車内燈のスイッチを入れた。馬乗りのエドワルダは、髪をふり乱し、上体をのばして、頭をうしろにのけぞらせていた。頸筋を支えてやると、白眼が見えた。受けとめた手をもたれに、彼女はふんばり、緊張にうめきがいやました」

すなわち、「おれ」は、最初、エドワルダが運転手と交わっているのを無気力に眺めていますが、次には、よく見えるように車内燈のスイッチを入れ、頭をのけぞらせたエドワルダの頸筋を手で支えてやります。しかし、それにしても、この「おれ」の「優しさ」はなんなのでしょうか?

ここに描き出された不思議な「優しさ」の印象、それは、一言でいえば、女性の出産に立ち会って、赤ん坊が無事生まれるのを助けてやっている助産婦の「優しさ」ではないかと思われます。そう、たしかに、エドワルダは見ず知らずの運転手とのセックスでオルガスムに達することで、「なにか」を産み落とそうとしているのです。

ファム・ファタル=「死」へと至る必然の別名

続きを読んでみましょう。

「眼はもとに復し、一瞬、興奮はおさまったかと思われた。おれを見た。その目つきから、いましも、《不可能》から引っ返しつつあることが読みとれた。奥底には、目くるめく凝視がうかがえた。根元から湧き出し、彼女を浸した洪水は、涙となって迸《ほとばし》った。眼から涙が小川のように流れ出た。愛欲が、眼中で死に絶え、あけぼのの冷気が、死の影をやどした明るさが立ちのぼりはじめていた。そして、すべてはその夢みる目つきのなかに包まれていた。男の長い器官、肉をひろげる指先、おれの苦悩、さらに口もとの涎《よだれ》の記憶、どれひとつとして死への盲目的埋没に一役買わぬものはなかった」

しばしば、女性はオルガスムに達する直前、「行く、行く」とか、「死ぬ、死ぬ」と口走るといいますが、これは決しておおげさな表現ではなく、オルガスムとは、まさに生きていながらにして体験することのできる「死」なのです。エドワルダは運転手とのセックスでオルガスムに達したとたん、エロスとは無縁のタナトスの世界に埋没してゆきます。「愛欲が、眼中で死に絶え、あけぼのの冷気が、死の影をやどした明るさが立ちのぼりはじめていた」とはそのことです。

したがって、「おれ」が助産婦のような優しさによってエドワルダに産み落とさせようとしたものは、オルガスムという名の痙攣的な「死」にほかなりません。「おれ」にとって、セックスの果てに射精を迎えても、それは死とは無縁のちっぽけでつまらない快楽でしかなく、心の空虚は広がるばかりです。「おれ」にとって、女性のオルガスムこそが、唯一、死に直結している偉大なオルガスムであり、「おれ」は、それと一体化することで、初めておのれの中の空虚を満たすことができるのです。

しかし、こう書くと、読者は、「なら、自分でエドワルダをオルガスムに至らしめれば、それでいいではないか?」と半畳を入れるにちがいありません。

だが、これはちがうのです。

女性には想像がつかないのですが、男のなかには、バスト・ショットつまり、自分の眼で見える範囲の相手の裸像ではなく、どうしても俯瞰《ふかん》ショットで、自分もふくめて相手の全体像を眺めなければ興奮できないという類のセクシュアリティーの持ち主がいます。そうした男の願望をつきつめていくと、それはセルフタイマーでのカメラ撮影、ビデオ撮影となりますが、しかし、本当のことをいえば、それでも彼らを満足させることはできません。彼らの究極の願望、それは相手の女性を別の男と交わらせ、それを外側から眺めるというかたちを取ります。これでなければ、彼らは女性のオルガスムの本当の価値を味わうことができないのです。なんともはや、厄介なセクシュアリティーであることよ、といわざるをえません。

「おれ」がエドワルダとセックスをしても、いっこうに空虚を満たすことができなかったのは、まさにこのためなのです。エドワルダはそれを察して、自ら進んで「おれ」の願望を充足させ、オルガスムという「死」を垣間見せてくれたわけです。

ところが、不思議なことに、「おれ」はエドワルダのオルガスム＝死を目の当たりにしたとき、激しい快楽を感じると同時にいいしれぬ苦悩を覚えます。

「みずから願ったはずの快楽におれの苦悩が刃向かうのだった。エドワルダの痛ましい快楽は奇蹟の疲労感をおれに抱かせたのだ。おれの苦悩と発熱はものの数ではなかった。が、それこそはおれの持ちもの、冷ややかな沈黙の底で、おれが《いとしい女》と呼びかける相手の陶酔に答える、おれのなかの唯一の偉大さだった」

この最後の言葉は、たんに『マダム・エドワルダ』という小説をしめくくるだけではなく、ありとあらゆるファム・ファタルものの総括となっています。「おれ」は「おれ」の射精ではなく、自らの心のエクトプラズマたるマダム・エドワルダのオルガスムこそが、痙攣的な「死」、すなわち「神」へと通じる唯一の回路であると信じて、エドワルダが運転手と交わるのを助けたのですが、しかし、実際に訪れたのは、心の空虚の充足ではなく、「疲労感」の末に現れた「苦悩」でした。

ようするに、心の空虚はエドワルダのオルガスム（見神体験）によっても埋めることはできず、エロス－セックス＝xの公式のxは、あいも変わらずエロスのままで、「おれ」はいささかも幸福になれなかったのです。

なんという哀れな男でしょうか！　しかし、まさにその矮小な「苦悩」こそが「おれ」

という存在を証明する「唯一の偉大さ」となっているのです。

この意味で、ファム・ファタルとは、それを絶対的に必要としている男にとっては、この世で「神」に代わりうる唯《ただ》ひとつの救済者だということができます。たとえ、そのために大いなる苦悩に襲われようとも。

ファム・ファタルとは、その名の通り、ある種の男にとっては、「死」へと至る必然の別名なのであり、どんなにこれを避けようとしても出会ってしまう、宿命そのものだといえます。まさに、起きるべきことは必ず起きるのです。

あとがき

最近、私が提起している概念の一つにゴレンジャー・ガールというのがあります。いきなり、こんなことを言っても、読者はなんのことかわからないでしょうから、少し説明しておきます。

いまもテレビで毎週放映されている子供番組に「○○戦隊××レンジャー」のシリーズがあります。その第一作が「秘密戦隊ゴレンジャー」で、色別のマスクとジャンプスーツに身を包んだ五人の戦士が、地球を襲う悪の軍団と戦うという内容でした。

この番組が始まった頃、近所の子供たちの遊びを観察していますと、女の子の中に、かならずゴレンジャーの紅一点のモモレンジャーをやりたがる子供がいました。つまり、たいていの女の子たちはおままごとやお人形さんごっこをして遊んでいる中で、少数ですが、男の子にまじってゴレンジャーごっこをして遊びたがる女の子がいたのです。私は、こうした紅一点の女の子をゴレンジャー・ガールと名付けました。

観察していると、このゴレンジャー・ガールは、かわいいかわいくないにかかわらず、男の子たちからとてもモテているようでした。しかし、私は、この子の未来を透視してみて、なんとなく悲しい気持ちになりました。なぜなら、思春期を過ぎたら、このゴレンジャー・ガールは、絶対にモテなくなるだろうなと予想できたからです。

男の子たちは、思春期を過ぎて性欲モードに入ったとたん、それまで一緒にあそんでいたゴレンジャー・ガールには見向きもせず、百パーセント女である女の子（私はこれをウッフンと名付けました）のほうに間違いなく惹かれるはずです。なぜなら、ウッフンたちは、先天的に男を蠱惑《こわく》する技術を身につけていますので、男の子たちは手もなくやられてしまうからです。オスの本能を持った男は、フェロモン誘導にたけたメスのほうに吸い寄せられていくのです。

ところで、このウッフンの中には、誘惑技術をすべて身につけたスーパー・ウッフンとでもいえる女の子がいます。こうしたスーパー・ウッフンの誘惑技術は、もはや技術というよりも芸術（アート）の域にまで達しています。ひとことで言えば、スーパー・ウッフンというのは、誘惑のアーティストなのです。彼女たちにかかっては、どんなに志操堅固な男でもひとたまりもありません。巨万の富をもった大富豪であろうと、あるいは前途有望なエリートだろうと、たちまちのうちに軍門に下ってしまいます。

いっぽう、ゴレンジャー・ガールはというと、こうしたスーパー・ウッフンや普通のウッフンが次々にいい男をゲットしていくのを指をくわえて見ているしかありません。彼女たちは、たとえ好きな男ができたとしても、女の媚び（コケットリー）を駆使して男を籠絡するという技術を知らないからです。そのために、やっと好きな男ができて、いい関係に入ったと思っても、「友達以上、恋人未満」の関係をなかなか抜け出すことができません。そのあげく、思い詰めたようにいきなり愛の告白をしたり、セックスに誘ったりして、逆に男に引かれてしまうことが多いのです。

私は、こうした状況を観察していて（女子大の教師ですから観察のサンプルには事欠きません）、ゴレンジャー・ガールたちに、なんとかスーパー・ウッフンの高度な誘惑技術を学ばせる方法はないかと考えました。なぜなら、シモーヌ・ド・ボーヴォワールが『第二の性』でいみじくも言っているように、「女は女として生まれるのではなく、女になる」のですから、ただ肉体的に女として生まれてきたというだけでは、誘惑術は身につかないからです。どこかで、それを後天的に学習することが必要となります。とりわけ、先天的にそれを欠いているゴレンジャー・ガールには学習が不可欠です。人間としての魅力という点から見ると、ウッフンよりもゴレンジャー・ガールのほうが魅力のあるケースが多いのに、結婚までこぎつけないどころか、恋人もできないとは、あまりにもかわいそうです。なんとか、彼女たちが誘惑術を無理なく学べる方法はないものでしょうか？

そんなとき、ふと、「なんだ、そんなことなら前からやっているじゃないか」と膝を打ちました。

なんのことかといえば、私が大学で教えているフランス文学というのは、ファム・ファタルと呼ばれるスーパー・ウッフンの登場する小説ばかりなのですから、少し、力点の置き方を変えてやれば、「フランス文学史」も「フランス文学演習」も、そのまま、ファム・ファタルの誘惑術の講義となりうるのです。フランス文学を勉強するといったのでは、欠伸《あくび》をしてしまう女子学生も、ファム・ファタルの誘惑術ということなら身を乗り出すにちがいありません。なにしろ、それを学びさえすれば、ゴレンジャー・ガールもスーパー・ウッフンに変身できるのですから。

こうして、従来の講義ノートをファム・ファタルの誘惑術、つまり悪女入門という観点から書き直してみたのが、この本です。

最初、それは「マリ・クレール」の一九九四年一月号から同年十二月号にかけて十二回連載されました。しかし、一回の分量が四百字詰め原稿用紙で五枚という短いものでしたので、ほとんど、内容レジュメの域を出ませんでした。一冊の本にするには、その五倍は書き足さなければなりません。

ところが、私は、例によって、ひどく怠け者ですから、この「書き足し」という作業がどうしてもできません。「講談社現代新書」の編集者の方から、本にしたいというありがたい申し出を受けたのですが、「書き足す」時間がないまま、何年か経過してしまいました。

そこで、あるとき、意を決して「講談社現代新書」の上田哲之さんに、どこかに連載というかたちを取っていただけたら、締め切りの偉大なる力で、なんとか書き足しが可能になるのではないかと提案してみました。その結果、「FRaU」で連載の承諾をいただき、ようやく、書き足しの作業を開始することができたのです。

ところが、いざ手掛けてみると、書き足しというのはとても厄介な作業であることがわかりました。これなら、いっそ、初めから全部書き直したほうがいいのではと思ったのです。

こうして、「FRaU」に二〇〇二年三月二十六日号から二〇〇三年四月二十二日号まで「悪女入門　ファム・ファタル文学史」と称する連載がはじまりましたが、それは以前の原稿を一部再使用してはいるものの、内容的にはまったく異なるヴァージョンになってしまいました。書き足しよりも書き直しのほうがはるかに楽だったからです。実際のところ、「マリ・クレール」版と「FRaU」版は、完全に別の作品といってもかまいません。

では、具体的にどこが一番違っているのかといえば、それはやはり、ファム・ファタルの誘惑術の分析、解説に力が置かれている点です。我ながら、ほとんどハウ・トゥー本のような親切さではないかと思いました。

とはいうものの、原型となったのは、文学史と文学演習の講義ですから、フランス文学を学ぶという側面も失ってはいません。つまり、本書は、フランス文学と同時にファム・ファタル誘惑術も学べる、一粒で二度美味しい、きわめてお得な新書にしあがっていると思います。これなら、ゴレンジャー・ガールのみなさんも、フランス文学を楽しみながらファム・ファタルに変身できるのではないでしょうか？

「ＦＲａＵ」連載中は、長谷川淳さん、また、新書にするにあたっては阿佐信一さんのお世話になりました。最後に、こころからの感謝の気持ちを捧げたいと思います。

二〇〇三年五月二十二日

鹿島　茂

テクスト一覧

第1講
アベ・プレヴォ『マノン・レスコー』渡辺明生訳　中央公論社「新集　世界の文学3」一九六九
現在、入手しやすい邦訳には、岩波文庫版（河盛好蔵訳）、新潮文庫版（青柳瑞穂訳）がある。

第2講
プロスペール・メリメ『カルメン』工藤庸子訳・解説　新書館　一九九七
他に岩波文庫版（杉捷夫訳）、講談社文芸文庫『カルメン／コロンバ』（平岡篤頼訳）、新潮文庫版（堀口大學訳）など。

第3講
A・ミュッセ『フレデリックとベルヌレット』朝比奈誼訳　筑摩書房「世界文学全集18」一九六七
岩波文庫版、白水社版（標題は『二人の恋人』）などにも収録されていたが、いずれも現在は絶版。

第4講
バルザック『従妹ベット』山田登世子訳　藤原書店「バルザック『人間喜劇』セレクション　第11・12巻」二〇〇一

第5講
デュマ・フィス『椿姫』新庄嘉章訳　新潮文庫　一九六六
岩波文庫版（吉村正一郎訳）など他にも邦訳は多い。

第6講
G・フロベール『サランボー』田辺貞之助訳　筑摩書房「フローベール全集2」一九六六
他の邦訳はいずれも絶版。なお、今回の引用にあたっては、「サラムボー」を「サランボー」に、「マトー」を「マットー」とした。

第7講

J・K・ユイスマンス『彼方』　田辺貞之助訳　桃源社「世界異端の文学5」　一九六六

現在、創元推理文庫版（田辺貞之助訳）が入手できる。

第8講

エミール・ゾラ『ナナ』　平岡篤頼訳　中央公論社「世界の文学セレクション36」　一九九五

新潮文庫版（新庄嘉章訳）もあり、いずれも入手できる。

第9講

マルセル・プルースト「スワンの恋」　鈴木道彦訳　集英社『失われた時を求めて　2』　一九九七

『失われた時を求めて』の邦訳は右のほか、ちくま文庫版（井上究一郎訳）、抄訳では集英社文庫版（鈴木道彦訳）がある。

第10講

アンドレ・ブルトン『ナジャ』　巖谷國士訳　白水Uブックス　一九八九

他に現代思潮新社版（栗田勇・峰尾雅彦訳）もある。

第11講

ジョルジュ・バタイユ『マダム・エドワルダ』　生田耕作訳　河出書房新社「人間の文学25」　一九六七

現在入手できる邦訳には、角川文庫クラシックス『マダム・エドワルダ―バタイユ作品集』（生田耕作訳）、奢灞都館版（生田耕作改訳決定版）がある。

N.D.C.953 246p 18cm
ISBN4-06-149667-0

講談社現代新書 1667

悪《あく》女《じょ》入《にゅう》門《もん》——ファム・ファタル恋《れん》愛《あい》論《ろん》

二〇〇三年六月二〇日第一刷発行 二〇二五年一〇月二日第一二刷発行

著者 鹿島《かしま》茂《しげる》

発行者 篠木和久

発行所 株式会社講談社
東京都文京区音羽二丁目一二—二一 郵便番号一一二—八〇〇一

電話 〇三—五三九五—三五二一 編集（現代新書）
〇三—五三九五—五八一七 販売
〇三—五三九五—三六一五 業務

カバー・表紙デザイン 中島英樹

印刷所 株式会社KPSプロダクツ

製本所 株式会社KPSプロダクツ

定価はカバーに表示してあります Printed in Japan

「講談社現代新書」の刊行にあたって

教養は万人が身をもって養い創造すべきものであって、一部の専門家の占有物として、ただ一方的に人々の手もとに配布され伝達されうるものではありません。

しかし、不幸にしてわが国の現状では、教養の重要な養いとなるべき書物は、ほとんど講壇からの天下りや単なる解説に終始し、知識技術を真剣に希求する青少年・学生・一般民衆の根本的な疑問や興味は、けっして十分に答えられ、解きほぐされ、手引きされることがありません。万人の内奥から発した真正の教養への芽ばえが、こうして放置され、むなしく滅びさる運命にゆだねられているのです。

このことは、中・高校だけで教育をおわる人々の成長をはばんでいるだけでなく、大学に進んだり、インテリと目されたりする人々の精神力の健康さえもむしばみ、わが国の文化の実質をまことに脆弱なものにしています。単なる博識以上の根強い思索力・判断力、および確かな技術にささえられた教養を必要とする日本の将来にとって、これは真剣に憂慮されなければならない事態であるといわなければなりません。

わたしたちの「講談社現代新書」は、この事態の克服を意図して計画されたものです。これによってわたしたちは、講壇からの天下りでもなく、単なる解説書でもない、もっぱら万人の魂に生ずる初発的かつ根本的な問題をとらえ、掘り起こし、手引きし、しかも最新の知識への展望を万人に確立させる書物を、新しく世の中に送り出したいと念願しています。

わたしたちは、創業以来民衆を対象とする啓蒙の仕事に専心してきた講談社にとって、これこそもっともふさわしい課題であり、伝統ある出版社としての義務でもあると考えているのです。

一九六四年四月　野間省一

文学

心理・精神医学

331 異常の構造——木村敏
590 家族関係を考える——河合隼雄
725 リーダーシップの心理学——国分康孝
824 森田療法——岩井寛
1011 自己変革の心理学——伊藤順康
1020 アイデンティティの心理学 鑪幹八郎
1044 〈自己発見〉の心理学 国分康孝
1241 心のメッセージを聴く 池見陽
1289 軽症うつ病——笠原嘉
1348 自殺の心理学——高橋祥友
1372 〈むなしさ〉の心理学 諸富祥彦
1376 子どものトラウマ——西澤哲

1465 トランスパーソナル心理学入門——諸富祥彦
1787 人生に意味はあるか 諸富祥彦
1827 他人を見下す若者たち 速水敏彦
1922 発達障害の子どもたち——杉山登志郎
1962 親子という病——香山リカ
1984 いじめの構造——内藤朝雄
2008 関係する女 所有する男——斎藤環
2030 がんを生きる——佐々木常雄
2044 母親はなぜ生きづらいか——香山リカ
2062 人間関係のレッスン 向後善之
2076 子ども虐待——西澤哲
2085 言葉と脳と心——山鳥重
2105 はじめての認知療法——大野裕

2116 発達障害のいま——杉山登志郎
2119 動きが心をつくる——春木豊
2143 アサーション入門——平木典子
2180 パーソナリティ障害とは何か——牛島定信
2231 精神医療ダークサイド 佐藤光展
2344 ヒトの本性——川合伸幸
2347 信頼学の教室——中谷内一也
2349 「脳疲労」社会——徳永雄一郎
2385 はじめての森田療法 北西憲二
2415 新版 うつ病をなおす 野村総一郎
2444 怒りを鎮める うまく謝る 川合伸幸

日本語・日本文化

趣味・芸術・スポーツ

哲学・思想Ⅰ

66 哲学のすすめ――岩崎武雄
159 弁証法はどういう科学か 三浦つとむ
501 ニーチェとの対話――西尾幹二
871 言葉と無意識――丸山圭三郎
898 はじめての構造主義 橋爪大三郎
916 哲学入門一歩前――廣松渉
921 現代思想を読む事典 今村仁司 編
977 哲学の歴史――新田義弘
989 ミシェル・フーコー 内田隆三
1001 今こそマルクスを読み返す 廣松渉
1286 哲学の謎――野矢茂樹
1293 「時間」を哲学する――中島義道

1315 じぶん・この不思議な存在――鷲田清一
1357 新しいヘーゲル――長谷川宏
1383 カントの人間学――中島義道
1401 これがニーチェだ――永井均
1420 無限論の教室――野矢茂樹
1466 ゲーデルの哲学――高橋昌一郎
1575 動物化するポストモダン 東浩紀
1582 ロボットの心――柴田正良
1600 ハイデガー＝存在神秘の哲学――古東哲明
1635 これが現象学だ――谷徹
1638 時間は実在するか 入不二基義
1675 ウィトゲンシュタインはこう考えた 鬼界彰夫
1783 スピノザの世界――上野修

1839 読む哲学事典――田島正樹
1948 理性の限界――高橋昌一郎
1957 リアルのゆくえ 大塚英志 東浩紀
1996 今こそアーレントを読み直す――仲正昌樹
2004 はじめての言語ゲーム――橋爪大三郎
2048 知性の限界――高橋昌一郎
2050 超解読！ はじめてのヘーゲル『精神現象学』 竹田青嗣 西研
2084 はじめての政治哲学 小川仁志
2099 超解読！ はじめてのカント『純粋理性批判』 竹田青嗣
2153 感性の限界――高橋昌一郎
2169 超解読！ はじめてのフッサール『現象学の理念』――竹田青嗣
2185 死別の悲しみに向き合う――坂口幸弘
2279 マックス・ウェーバーを読む――仲正昌樹

日本史Ⅰ

1258 身分差別社会の真実──斎藤洋一・大石慎三郎
1265 七三一部隊──常石敬一
1292 日光東照宮の謎──高藤晴俊
1322 藤原氏千年──朧谷寿
1379 白村江──遠山美都男
1394 参勤交代──山本博文
1414 謎とき日本近現代史 野島博之
1599 戦争の日本近現代史 加藤陽子
1648 天皇と日本の起源 遠山美都男
1680 鉄道ひとつばなし──原武史
1702 日本史の考え方──石川晶康
1707 参謀本部と陸軍大学校 黒野耐
1797 「特攻」と日本人──保阪正康
1885 鉄道ひとつばなし2──原武史
1900 日中戦争──小林英夫
1918 日本人はなぜキツネにだまされなくなったのか 内山節
1924 東京裁判──日暮吉延
1931 幕臣たちの明治維新 安藤優一郎
1971 歴史と外交──東郷和彦
1982 皇軍兵士の日常生活 一ノ瀬俊也
2031 明治維新 1858-1881 坂野潤治・大野健一
2040 中世を道から読む──齋藤慎一
2089 占いと中世人──菅原正子
2095 鉄道ひとつばなし3──原武史
2098 戦前昭和の社会 1926-1945──井上寿一
2106 戦国誕生──渡邊大門
2109 「神道」の虚像と実像 井上寛司
2152 鉄道と国家──小牟田哲彦
2154 邪馬台国をとらえなおす──大塚初重
2190 戦前日本の安全保障──川田稔
2192 江戸の小判ゲーム──山室恭子
2196 藤原道長の日常生活 倉本一宏
2202 西郷隆盛と明治維新 坂野潤治
2248 城を攻める 城を守る──伊東潤
2272 昭和陸軍全史1──川田稔
2278 織田信長〈天下人〉の実像 金子拓
2284 ヌードと愛国──池川玲子
2299 日本海軍と政治──手嶋泰伸

Ⓖ

政治・社会

経済・ビジネス